Marie-Luise Koschnick

Damals in Osnabrück

Ein Koffer voller
Kindheitserinnerungen

Bibliografische Information der Deutschen Nationalbibliothek
Die Deutsche Nationalbibliothek verzeichnet diese Publikation in
der Deutschen Nationalbibliografie; detaillierte bibliografische
Daten sind im Internet über http://dnb.d-nb.de abrufbar.

Herstellung und Verlag: Books on Demand GmbH, Norderstedt
Umschlaggestaltung, Satz und Layout: Dr. Klaus-Uwe Koschnick
ISBN: 978-3-8391-2849-7

Marie-Luise Koschnick

Damals in Osnabrück

Ein Koffer voller
Kindheitserinnerungen

Inhalt

Prolog

**„Mit einer Kindheit voller Liebe lässt sich ein
ganzes Leben haushalten."**

Es ergab sich in den letzten Jahren des Öfteren,
dass ich im Familienkreis die ein oder andere
lustige – oder weniger lustige – Episode aus
meiner Kindheit und Jugend zum Besten gab.

Irgendwann einmal wurde schließlich seitens
meiner Kinder und Enkel der Wunsch geäußert,
ich solle doch alles aufschreiben, was mir wichtig sei. So ganz nebenbei wird es vor allem mir
helfen, negative Erlebnisse, die ich verdrängt
hatte, aufzuarbeiten.

Wenn ich heute auf mein inzwischen doch
langes Leben zurückblicke, dann vor allem
voller Dankbarkeit meinen lieben Eltern gegenüber, die trotz Krieg und Gefahr und allem, was
damit an Entbehrungen und Verlusten zusammenhing, es mir ermöglichten, eine fröhliche
und relativ unbeschwerte Kindheit zu erleben.
Ihre Liebe und Fürsorge galten mir uneinge-
schränkt. Das sehe ich nicht als selbstverständlich an.

Dem Schöpfer danke ich auch dafür, dass er
mir die Gabe mitgegeben hat, allem Negativen
auch immer irgendwie eine positive Seite abzu-
gewinnen. So sagt man mir nach, ich sei ein
Stehaufmännchen. Meine engsten Freundinnen,

Lisa und Irmgard, die mich seit den Kindertagen kennen, behaupten, nur mein unerschütterlicher Lebenswille und die absolut positive Einstellung dem Leben gegenüber sowie großes Gottvertrauen hätten mir immer wieder geholfen, alle Malessen gut zu überstehen. Das gilt bis zum heutigen Tage. Nun, ob sie damit Recht haben, wage ich manchmal zu bezweifeln! Die Ängste und Befürchtungen, die das fortschreitende Alter mit sich bringt, drücken einem manchmal ganz schön aufs Gemüt.

An dieser Stelle möchte ich auch meinem lieben Mann danken, der nun schon über fünfzig Jahre neben meinen Kindern und Enkeln der wichtigste Mensch in meinem Leben ist. Hat er es doch verstanden, mich so zu nehmen – mit all meinen Unzulänglichkeiten und Macken – wie ich bin. Ich konnte mich immer auf ihn verlassen. Gemeinsam sind wir durch dick und dünn gegangen. Sogar unser Goldenes Ehejubiläum konnten wir dieses Jahr schon feiern! Für diese ganz besondere Gnade sind wir sehr dankbar.

Meine frühe Kindheit

Ich hatte es schon immer sehr eilig, so auch am 18. April 1931: Da erblickte ich als Siebenmonatskind im Marien-Hospital zu Osnabrück das Licht der Welt. Als Heranwachsende erfuhr ich, dass ich das erste halbe Jahr im Krankenhaus verbleiben musste. Die Ärzte kämpften immer wieder um mein Leben, bis dann endlich meine zwei Brüder ihr Schwesterchen zuhause begrüßen konnten.

Walter und Franz, beide viel älter, empfanden mich sicherlich als absoluten Nachkömmling; drehte sich doch ab dann alles um dieses kleine Wesen. Den Erzählungen zufolge, bedurfte ich großer Pflege und Zuwendung, denn mein Allgemeinzustand erschien unserem damaligen Hausarzt noch immer sehr schwach.

Irgendwie aber überwand ich alle Kinderkrankheiten, auch ernstere Erkrankungen, wie ein „Stehaufmännchen". Das sollte mein Leben lang so bleiben.

1933 – so erfuhr ich später – ließen sich meine Eltern nach über 20 Jahren Ehe scheiden. Ich zählte also erst zwei Jahre, als dieses Drama geschah. In dieser Zeit war das Krankenhaus wohl mehr mein Zuhause als alles andere. An meine leibliche Mutter hab ich kaum eine Erinnerung. Infolge der vielen Krankenhausaufenthalte oder auch der häufig wechselnden

Pflegepersonen, die mich betreuten, fehlte mir der feste Bezug, den ja schon ein Kleinstkind zur Mutter aufbaut. Ich war in meinen ersten Lebensjahren praktisch einem Heimkind gleichzusetzen.

Nur so ist es wohl zu erklären, dass ich ein etwas ängstlicher Mensch bin und seit meinen Kindertagen unter Verlustängsten leide. Auch fühle ich mich noch heute in geschlossenen fensterlosen Räumen, z. B. im Fahrstuhl, äußerst unwohl. Die Schrecken der Bombenangriffe im zweiten Weltkrieg taten ihr Übriges dazu.

Erzählungen meines Bruders Franz zufolge müssen meine Eltern schon lange unüberwindliche Differenzen gehabt haben. Dass meine Mutter noch mal schwanger wurde, war vielleicht ein letzter Good-Will-Versuch, der dann doch scheiterte. Auch die damaligen Jahre nach dem ersten Weltkrieg, die Inflation, der ganze große Umbruch – das alles mag mit zum Scheitern dieser Ehe beigetragen haben. Meine Mutter soll sehr lebenslustig gewesen sein, mein Vater war aber eher das Gegenteil. In einem Satz zusammengefasst, die Chemie zwischen meinen Eltern hatte wohl nie gestimmt.

Als mein Vater 1935 dann zum zweiten Mal heiratete, soll ich mich förmlich an die neue Mutter geklammert haben. Ab diesem Zeitpunkt begann für mich eine überaus glückliche und geborgene Kindheit. Meine neue Mutti liebte

Trauung meiner Eltern in St. Marien, 1935

mich über alles, und ich sie. So ungeheuerlich es vielleicht klingen mag, die Mutter, der ich mein Leben verdanke, war für mich von Anfang an nicht existent, das Thema seitens meines Vaters absolut tabu.

Auch für meinen Bruder Franz fand wohl endlich so etwas wie ein harmonisches und liebevolles Familienleben statt. Mein ältester Bruder Walter hatte schon vorher seinen Arbeitsdienst abgeleistet und war anschließend nach Düsseldorf zur Firma Mannesmann gegangen. Als gelernter Industriekaufmann hatte er dort eine Stelle bekommen. Beide Brüder verstanden sich prächtig mit Mutti, sie haben sie stets voll akzeptiert. Das zeigt nur, wie sie als Kinder und Heranwachsende unter der schlechten Ehe ihrer Eltern und den Streitereien gelitten haben mussten.

Ostereiersuchen und erste Weihnachts-Erinnerungen

Frühe Erinnerungen werden wach, so z. B. Ostern 1936, als ich beim Osterspaziergang im Bürgerpark bemerkte, wie mein lieber Bruder Franz mir öfters die gefundenen Ostereier aus dem Körbchen stibitzte. Ich merkte, dass mein Körbchen überhaupt nicht voller wurde, obwohl ich unermüdlich suchte. Franz wollte mir natürlich die Eier nicht wegnehmen, er hatte nur Spaß daran, sie immer wieder neu zu verstecken.

Das erste Weihnachtsfest, das ich bewusst erlebte, steht mir noch heute schemenhaft vor Augen. Vor mir sehe ich den wunderschönen Tannenbaum mit silbernen Kugeln und Lametta, er strahlte in hellem Kerzenlicht. Darunter stand ein weiß lackierter Puppenwagen. Auf der Decke thronte ein Teddybär mit einer großen roten Schleife, der mich mit seinen schwarzen Knopfaugen fröhlich anschaute. Kein Kind konnte wohl seliger sein! Von meinem heiß geliebten Teddy trennte ich mich nur äußerst ungern.

Meinen Cousin Jürgen, einige Jahre jünger als ich, habe ich in diesem Zusammenhang noch in recht unangenehmer Erinnerung. Tante Anni besuchte uns mit Jürgen – er hatte nur Augen für meinen Teddy. Widerstrebend überließ ich ihm mein Bärchen für eine kleine Weile. Eine

Woche später wurde Jürgen sehr krank und musste ins Krankenhaus. Da er immer wieder nach meinem Teddy fragte, überredete mich Mutti aus Mitleid, ich solle ihm mein Bärchen doch eine kurze Zeit überlassen. Doch wie bekam ich meinen armen Teddy zurück? Nur noch ein Bein baumelte an seinem Rumpf und auch sonst sah er recht mitgenommen aus. Ich muss wohl sehr wütend gewesen sein. Mein armer Bär musste jedenfalls erst einmal in die Puppenklinik.

Opa und Oma in Burg Gretesch

Muttis Eltern, für mich Opa und Oma, wohnten in einem Vorort von Osnabrück, in Burg Gretesch. Ab und zu besuchten wir sie. Zu ihrem sehr schönen und geräumigen Haus, nahe am Wald gelegen, gehörte ein großer Garten mit Obstbäumen und Gemüsebeeten. Muttis jüngste unverheiratete Schwester, Tante Grete, lebte auch mit im Haus.

Das Haus meiner Großeltern mütterlicherseits
vor dem Ausbau des Wintergartens, etwa 1932

Es war für mich jedes Mal ein Abenteuer, nach Burg Gretesch zu fahren. Erst einmal wurde ich herausgeputzt: ein schönes Sonntagskleidchen, eine große weiße Schleife im Haar („Propeller" sagte man damals), weiße Söckchen und schwarze Lackschuhe – es muss wohl immer Sommer gewesen sein. Los ging's, natürlich an Muttis

Hand, zunächst zum Hauptbahnhof Osnabrück, dann mit dem Zug eine Station weiter bis Burg Gretesch. Allein schon die große zischende Lokomotive – für mich kleines ängstliches Mädchen ein Ungetüm – flößte mir Respekt ein.

Bei den Großeltern angekommen gab es dort für mich viel zu bestaunen und zu entdecken. Zum Beispiel im Wintergarten die lebensgroße Büste Adolf Hitlers in Bronze, sehr beeindruckend für mich. Im Wohnzimmer stand ein Flügel, auf dem ich nie jemanden habe spielen sehen. Es hieß, Onkel Friedel soll, als er noch zu Hause gelebt hatte, gern gespielt haben. Auch die große Standuhr mit Blumenornamenten und einem wohlklingendem Ton, die sich in der großen Diele befand, erregte immer wieder mein Interesse – heute befindet sich dieses schöne alte Erbstück in unserem Wohnzimmer.

Vor allem hatte ich Spaß daran, von der Küche aus gleich in den Hof und Garten zu laufen. Das Hühnerhaus mit großem Auslauf zum angrenzenden Wald hin zog mich magisch an. Ich konnte stundenlang den stolzen Hahn beobachten, wie er eifrig pickte und seine Hühner lockte. Im Garten durfte ich reife Stachelbeeren oder Johannisbeeren naschen und im Herbst, wenn die Obstbäume voller Früchte hingen, ging Opa mit mir in den Garten und schenkte mir ein Körbchen voll Äpfel oder reifer Birnen.

Muttis Vater – mein Opa – im Rosengarten
vom Haus in Burg Gretesch

Natürlich bekamen meine Eltern, je nach Jahreszeit und was der Garten zu bieten hatte, Obst und Gemüse eingepackt. Ebenso kann ich mich an die dicken Hühnereier erinnern, die Opa uns mitgab. Meist fuhren wir gut versorgt wieder heimwärts.

Ich im Vorgarten des Hauses in Burg Gretesch,
etwa 1938/39

Nonnenpfad 8 und die nähere Umgebung

Für mich hatte das alles deshalb seinen Reiz, weil wir in einem großen Mietshaus wohnten, und zwar im dritten Stock. Der Balkon befand sich zum Hof hinaus, zur Straßenseite hin war unser Wohnzimmer und mein Zimmer. Die anderen Räume lagen ebenfalls zur Hofseite.

Nonnenpfad 8 in Osnabrück nach dem Krieg

Tagsüber herrschte auf der Straße reger Verkehr. Autos, Lastwagen und die damals noch häufig fahrenden Pferdefuhrwerke bedeuteten für ein kleines Mädchen wie mich natürlich Gefahr. Man konnte deshalb nur im Hof spielen. Diesen habe ich allerdings in recht guter Erinnerung. Außer Sandkasten, Schaukel und Bolzplatz für die Buben gab es zwei Wäschebleichen. Auf den

Hof gelangte man entweder durch den Kellergang oder durch die Haustür, ein Stückchen über den Bürgersteig durch einen Torbogen, in dem wir Kinder uns gern versteckten.

In diesen Mietshäusern – sie fungierten als so genannte Werkswohnungen des Osnabrücker Kupfer- und Drahtwerkes – befanden sich jeweils über drei Etagen sechs Wohnungen. Zu jeder Wohnung gehörte ein Mansardenzimmer, in einem davon hatte mein Bruder Franz sein Reich.

Das OKD gehörte zum Konzern Gutehoffnungshütte Oberhausen. Dieses Unternehmen beschäftigte ca. 5000 Mitarbeiter und gehörte mit zu einem der größten Unternehmen in Osnabrück, zur Schwerindustrie. Gefertigt wurden Kupferrohre und -drähte aller Stärken und Größen, ebenso Kabel jeglicher Art, so z. B. Überseekabel. Auch Stahl und Leichtmetalle wurden verarbeitet. An die großen Brauereipfannen, die im letzten Fertigungsgang noch von Hand gehämmert wurden, kann ich mich gut erinnern. Ich konnte in meinen jungen Jahren miterleben, wenn so ein großes Ungetüm mit riesigen Transportmitteln auf Straßen, die hierfür extra für den sonstigen Verkehr gesperrt wurden, zum Bestimmungsort transportiert wurde. Die Belegschaft hatte fast den Charakter eines Familienbetriebes. Ganze Generationen blieben dem Unternehmen treu. Wer hier einen Arbeitsplatz in den Jahren nach dem ersten Weltkrieg gefunden hatte, der blieb auch, meist bis zum Rentenalter. So auch mein Vater, der von 1924 bis 1956 dem Werk angehörte. Als Werkmeister der Gießerei unterstanden ihm etliche Mitarbeiter. Nach dem Krieg konnte er sich noch weiter verbessern, indem er die Ein- und Ausgänge der Außenlager verwaltete. Meine Brüder hatten ebenfalls beim OKD gelernt, Walter – wie schon erwähnt – als Industriekaufmann und Franz im technischen Bereich. Auch ich absolvierte dort später eine kaufmännische Lehre und blieb dem Werk bis zu meiner Heirat treu verbunden.

Wir wohnten am Nonnenpfad sehr zentral. Einen Teil unserer damals und heute wieder schönen und sehenswerten Altstadt konnte man über die Hasebrücke am Pernickelturm in kurzer Zeit zu Fuß erreichen. Ebenso zwei unserer ältesten Gotteshäuser, den Dom und St. Marien.

Zur Mariengemeinde gehörten wir. Osnabrück war und ist heute noch ein Erzbistum, eng verbunden mit den Erz-Bistümern Münster und Paderborn. St. Marien und auch St. Katharinen, im anderen Teil der Altstadt, wurden laut Chronik nach der Reformation evangelische Gotteshäuser.

Erwähnen möchte ich an dieser Stelle auch das aus der Geschichte bekannte Osnabrücker Rathaus. Hier wurde der „Westfälische Friede" anno 1648 zu Münster und Osnabrück geschlossen und damit das Ende des Dreißigjährigen Krieges eingeleitet.

Das gar nicht so kleine Flüsschen „Hase" schlängelte sich an der Peripherie der Altstadt entlang. Besonders die Partie am Herrenteichswall mit altem Buchenbestand, Ruhebänken und Blick über das gemächlich dahin fließende Flüsschen wurde von meinen Eltern und mir immer gern aufgesucht, konnte man doch hier in kürzester Zeit Ruhe und Entspannung finden.

Der Blick schweifte auf die Türme des altehrwürdigen Domes und der Marienkirche. Direkt im Vordergrund sah man das Carolinum, Osnabrücks ältestes Gymnasium (1100 von Karl dem Großen gegründet), daneben Kloster und Gärten der Ursulinen, einem bekannten Orden der Katholischen Kirche.

Auch die reizvolle Umgebung meiner Heimatstadt, am Hang des Wiehengebirges und des Teutoburger Waldes im Talkessel gelegen, bot meinen Eltern Gelegenheit, mit mir sonntags oft ins Grüne zu fahren. Zunächst ging es mit der Straßenbahn bis zur entsprechenden Endstation, dann weiter auf „Schusters Rappen" zum jeweils angepeilten Ziel. Eingekehrt wurde meist in einem schön gelegenen Gartenlokal. Ich bekam eine Limonade oder ein Eis als Erfrischung und dann durfte ich auf eine der Schaukeln oder

Osnabrücker Rathaus

Partie an der Hase mit Dom-Türmen und Carolinum

Marienkirche

Wippen, die für die kleinen Gäste zur Verfügung standen. Schaukeln tat ich für mein Leben gern. Papa gab mir den nötigen Schubs – und höher und höher ging's. Ein herrliches Gefühl!

Manchmal konnte man auch auf einem Pony reiten. Wenn Papa mich auf das Pony hob und ich drei Runden im Kreis reiten durfte, war ich glücklich.

Kamen wir auf dem Heimweg an einem Kornfeld vorbei, pflückten Mutti und ich zum Abschluss noch einen bunten Wiesenblumenstrauß. In Gedanken sehe ich Mutti vor mir, einen dicken Kornblumenstrauß im Arm, auch Margeriten und Mohn waren dabei.

Auch an den Osnabrücker Zoo am Schölerberg – damals noch Heimat-Tiergarten – kann ich mich gut erinnern. Die Ausflüge dorthin stellten immer etwas ganz Besonderes dar.

Sommerfrische Wippra und Molmeck

Einmal im Jahr planten meine Eltern im Sommer mit mir eine größere Reise. Wir fuhren nach Wippra im Harz in die „Sommerfrische", so nannte man das damals. Ganz in der Nähe von Wippra, in Molmeck bei Hettstedt, stand das Elternhaus meines Vaters. Das war der Grund, weshalb wir dort Urlaub machten.

Dieses Haus lag auf einer Anhöhe, direkt neben der Molmecker Kirche. Hinter dem angrenzenden Garten, den meine Oma sehr liebte, führte die Dorfstraße schnurgerade hinunter ins Tal, direkt bis auf den Marktplatz des Städtchens Hettstedt.

Meine Oma – den Opa hatte ich leider nie kennen gelernt, er starb schon nach dem ersten Weltkrieg – hatte ihre Wohnung im ersten Stock.

Tante Mariechen, Onkel Robert und Cousin Walter wohnten in Parterre. Walter war genau 10 Jahre älter als ich. Damals bekam ich ihn selten zu Gesicht. Ich kann mich später an eine kurze Begegnung erinnern, als er einmal auf Heimat-Urlaub weilte. Für seine kleine Cousine aus Osnabrück zeigte er jedoch bedingt durch den Altersunterschied nur wenig Interesse – das änderte sich erst später. Heute ist unser Kontakt zu Walter und seiner Familie glücklicherweise sehr gut. Dafür bin ich dankbar.

Meine Oma väterlicherseits, 80 Jahre alt

Wenn wir während des Aufenthaltes in Wippra zwei oder dreimal mit dem Zug drei Stationen nach Molmeck weiterfuhren, um Oma und die Verwandtschaft zu besuchen, dann hieß das für mich: Aufregung pur. Tante Erna und Tante Malchen mit ihren Familien, alle fanden sich bei Oma ein.

Oma und die Tanten zogen mich abwechselnd auf ihren Schoß, Küsschen hier und Küsschen da. Mein Cousin Hans und die Cousinen wuselten um mich herum, bis Onkel Robert sich erbarmte und mich an die Hand nahm. Dann war ich gerettet. Entweder gab es Ferkelchen zu bestaunen – oder junge Entchen. Setzte er mir ein junges Häschen auf den Arm, war ich glücklich. Reich an Erlebnissen fuhr ich abends mit den Eltern wieder zurück nach Wippra.

Sommerfrische Wippra 1939,
Meine Eltern und ich (im Bild rechts) im Garten der
Pension Waldschmidt mit guten Bekannten

Mutti und ich (rechts der Bildmitte)
Auf dem Schützenfestumzug in Wippra, etwa 1939

Wippra selbst hatte auch jeden Tag Interessantes für mich zu bieten. Unsere Pension „Waldschmidt" lag idyllisch an einem Berghang, und hinter dem Haus stieg der dunkle Tannenwald an. Der Garten zog sich terrassenförmig bis fast ins Tal hinunter. Die Wipper, ein rauschendes Flüsschen, schlängelte sich unterhalb unserer Pension vorbei. Ein schattiger Weg führte parallel dazu entlang, vorbei an der großzügig gestalteten Badeanstalt, wo immer reges Leben herrschte. Wir hatten von den Terrassen einen herrlichen Blick über das Tal und den Ort Wippra. Das alles aber war mir als kleines Mädchen noch nicht bewusst, doch jedes Jahr, wenn wir wiederkamen (von 1936 bis 1942 regelmäßig), wurde mir die herrliche Gegend vertrauter – und Oma und Verwandtschaft ebenfalls.

Besonders sind mir die Mußestunden in der Mittagszeit in Erinnerung. Denn hinterm Haus konnte man zwischen den Tannen in Hängematten Siesta halten, was meine Eltern gerne taten. Ich wurde ebenfalls in eine solche gehoben, und sanft schaukelnder Weise lasen mir Mutti oder auch Papa ein Märchen vor. Mit den Kindern der anderen Gäste, die sich oft glücklicherweise in meinem Alter befanden, konnte man in dem großen Garten herrlich Verstecken spielen. Es wurde nie langweilig. Auch verbrachten wir manchen Nachmittag in der nahen Badeanstalt.

Schwimmen lernte ich allerdings erst später, ich war wohl zu ängstlich.

Ich erinnere mich an längere Wanderungen, die meine Eltern mit mir und anderen Gästen nebst Kindern unternahmen. Wir Kinder vergnügten uns dabei mit Blumenpflücken, Himbeerennaschen, oder wir planschten, die Schuhe in der Hand, durch kristallklare Bäche. Wir hatten unseren Spaß!

Einmal allerdings wurden wir von einem schweren Gewitter überrascht. Weit und breit kein Haus oder Unterschlupf in Sicht! Ich sehe mich noch am Waldesrand in einer Mulde liegend, Mutti und Papa und die anderen so gut es ging schützend über uns Kindern, bis das Schlimmste vorbei war. Pudelnass kamen wir in unserer Pension an.

Impressionen

Die Winterzeit hatte für mich natürlich auch ihren Reiz. Besonders, wenn mein großer Bruder Franz sich die Zeit nahm und mit seinem kleinen Schwesterchen auf Rodeltour ging. Die sanften Hänge im nahen Bürgerpark eigneten sich gut dafür. Was für ein Glücksgefühl, vorn auf dem Schlitten, Franz hinter mir – mich fest umschlungen – und hui, sausten wir den Berg hinunter. Einträchtig und unermüdlich zogen wir den Schlitten dann wieder hoch. Ich konnte gar nicht genug davon bekommen. Aber irgendwann wurde es uns zu kalt und, zu Hause angekommen, empfing uns Mutti mit heißem Kakao und knusprigen Brötchen.

Wenn Mutti Einkäufe tätigte, durfte ich oft mit. Sie nahm mich liebevoll an die Hand – ich mit kleinem Einkaufsnetz oder Körbchen bewaffnet, um meiner Mutti zu helfen.

Damals gab es für alles extra Läden. Der Bäcker Hegge wohnte in der Nähe, Ecke Liebig-Gertrudenstraße, fünf Minuten von uns entfernt. Dort kaufte Mutti unser Brot, manchmal frische Brötchen oder Prem-Brot, ein besonders schmackhaftes Weisbrot. Ich bekam ab und zu einen Trüffel von Frau Hegge – eine Vorliebe für Trüffel habe ich noch heute.

Das Milch- und Käse-Geschäft wurde täglich aufgesucht. Dort gab es außer Milch (die Milchkanne nahmen wir mit) auch Eier, Butter und viele Käse-Sorten. Oft fiel eine kleine Kostprobe für mich ab. Unserem Haus gegenüber hatte der Schlachter Funke sein Geschäft. Auch hier beglückte man mich mit einer Scheibe Wurst oder ähnlichem. So versorgt, hielt sich der Appetit bei mir mittags in Grenzen. Die Drogerie Steuter, ebenfalls bei uns am Nonnenpfad gelegen, verkaufte nebenbei noch Lebensmittel, Obst und Gemüse. In der nahen Altstadt hatte unser Fischhändler sein Geschäft. Hier kaufte Mutti vor allem im Mai besonders gern die leckeren Mai-Schollen oder den jungen Matjes – ein Hochgenuss für mich, auch heute noch.

Der große Wochenmarkt, der mittwochs oder samstags stattfand, wurde stets aufgesucht. Er fand in der Altstadt an verschiedenen Plätzen statt. Für uns am schnellsten zu erreichen: der Domhofs-Vorplatz. Was gab es da nicht alles für mich zu entdecken! Das reiche Angebot an Obst und Gemüse, Eier, Geflügel und Wild verwirrte mich oft. Besonders die Marktschreier ängstigten mich. Mit fortschreitendem Alter fand ich sie jedoch immer interessanter.

Im Pernickel-Turm an der Hasebrücke wurde eine Besonderheit von Osnabrück hergestellt. Das bekannte „Pumpernickel", ein besonders saftiges und schmackhaftes Schwarzbrot. Vorne auf dem Päckchen das Konterfei der Osnabrücker Pernickelmühle, eines der vielen Wahrzeichen Osnabrücks.

Pernickelmühle

Dieses Pumpernickel wurde an heißen Sommertagen über selbst hergestellte Dickmilch gebröckelt und mit Zucker bestreut – ein Leckerbissen für uns alle. Es galt als vollständiges Gericht an heißen Sommertagen. Gerne verzehrten wir das Pumpernickel aber auch mit Leberwurst oder Camembert.

So wuchs ich heran – und die Schulzeit rückte näher. Für meine sechs Jahre war ich noch ein zartes Etwas. Deshalb wurde ich auf Anraten des Schularztes erst im Alter von sieben Jahren eingeschult. Häufig hatte ich mit Mittelohrentzündungen oder eitrigen Mandelentzündungen zu kämpfen, hauptsächlich in den Wintermonaten. Nichts ließ ich aus, Windpocken, Masern,

Scharlach und Mumps. Später, während meiner Grundschulzeit, wurden meine schulischen Leistungen auch durch Lungenentzündungen erschwert. Nur Diphterie fehlte noch in der Sammlung – meine Eltern hatten es nicht leicht mit mir. Deshalb musste ich immer wieder in Abständen den mir so verhassten Lebertran schlucken, was mich aber doch nicht vor den mit schöner Regelmäßigkeit wiederkehrenden Heimsuchungen schützen konnte.

Vitamin C hatte damals noch nicht den hohen Stellenwert wie heute und Antibiotika – in der heutigen Zeit vielleicht schon wieder ein Problem, weil es manchmal zu schnell verordnet wird – gab es noch nicht.

Hochzeitsfeier in St. Marien

Ein Ereignis im Jahre 1936 – es muss im Frühling gewesen sein – ist mir noch heute in Erinnerung. Onkel Friedel, Muttis einziger Bruder, hielt Hochzeit mit Tante Anni, die ich bei Besuchen von Opa und Oma in Burg Gretesch kennen gelernt hatte.

Die Trauung fand in unserer ehrwürdigen Marienkirche statt, die sich neben unserem erwähnten berühmten Rathaus befand. Während der Trauungszeremonie unterlief mir dank meiner Zappeligkeit ein kleines Missgeschick, das mir furchtbar peinlich war: Meine Cousine Erika und ich agierten als Blumenmädchen. Natürlich waren auch wir aufs Feinste herausgeputzt, jede ein Körbchen mit Rosenblättern in der Hand. Die herrliche Orgel brauste auf, der Hochzeitszug setzte sich in Bewegung und Erika und ich gingen dem Brautpaar voran und streuten die Rosenblätter auf den Teppich. Als das Paar kniend den Segen empfing, passierte mir das Malheur. Es war mir wohl während der ganzen Zeremonie etwas langweilig geworden und so schlenkerte ich mit meinem Blumenkörbchen hin und her. Auf einmal – schwups – lag der größte Teil der Blütenblätter vor dem Altar. Ich wollte mich bücken, um die Blätter wieder einzusammeln (wir brauchten sie für den Rückweg), doch Papa, hinter mir stehend, zog mich zu sich heran und bedeutete mir, still zu stehen und die Blätter nicht einzusammeln.

Als die Trauungs-Zeremonie vorbei war, konnte meine Cousine Erika, die das Debakel mitbekommen hatte, mir schnell aus ihrem Körbchen mit einem Teil Blüten aushelfen. Dankbar lächelte ich ihr zu. Nun setzte sich der ganze Zug wieder in Bewegung, und wir beide streuten den Rest der Blüten auf den roten Läufer. So traten wir – mindestens so glücklich wie das Brautpaar – unter brausenden Orgelklängen aus dem großen Kirchenportal in die lachende Frühlingssonne. An die Feier im Lokal habe ich wenig Erinnerungen, aber mein Bruder Franz soll den ersten Schwips seines Lebens gehabt haben.

Erfahrungen, die Angst machten

Inzwischen schrieb man das Jahr 1938.

Schon im Laufe des Jahres 1937 machte ich meine ersten Erfahrungen mit dem Hitler-Regime. Ich hatte natürlich irgendwie mitbekommen, dass meine Eltern sich in Diskussionen mit meinem Bruder oft skeptisch – wenn nicht ablehnend – verhielten. Besonders, wenn der Führer seine lautstarken Reden hielt, reagierte mein Vater ironisch oder sogar zornig, mein Bruder aber argumentierte oft anders. Ich verstand das alles zwar nicht, doch es machte mir Angst.

Mit meinen sechs Jahren durfte ich öfters mal beim Schlachter oder bei unserem Lebensmittelhändler eine Kleinigkeit einholen – und ahnungslos grüßte ich wie gewohnt mit „Guten Tag". Plötzlich wurde ich von Herrn Steuter oder Herrn Funke jedoch darüber aufgeklärt, dass ein echtes deutsches Mädchen „Heil Hitler" zu sagen habe – und nicht „Guten Tag". Mutti erzählte ich gleich zu Hause diese Neuigkeit, wobei sie nur lakonisch bemerkte: „Nun, dann richte dich eben danach!" Auch spürte ich, manchmal offen manchmal unterschwellig, dass Nachbarn, sogar manche Kinder in der Nachbarschaft, nicht mehr so freundlich waren. – Warum?

Mutti kaufte inzwischen nicht mehr bei Samson & David, einem alteingesessenen Textil-Geschäft in der Kranstraße. Noch einige Wochen zuvor hatte sie dort eine wunderschöne Berchtesgadener Trachtenjacke mit passender Bluse für mich erstanden.

Ich konnte ja noch nicht lesen, aber an der Eingangstür hing ein Schild, worauf ein schwarz umrandeter gelber Stern prangte. Mutti las mir leise vor: „Volksgenossen, kauft nicht bei Juden!" Unter dem Begriff „Juden" konnte ich mir nichts vorstellen.

Immer öfter fiel mir auf, dass Furcht einflößende große Männer in brauner oder schwarzer Uniform durch die Straßen marschierten. Doch meine Eltern beruhigten mich – und nachdem ich immer beim Einkaufen oder im Treppenhaus Nachbarn mit fröhlichem „Heil Hitler" grüßte, war die Welt für mich scheinbar wieder in Ordnung.

Der Ernst des Lebens beginnt – und ein erschreckendes Erlebnis

Der Tag meiner Einschulung, der 1. April 1938, rückte heran!

An Muttis Hand und mit großer Schultüte bewaffnet, spazierten wir zur Domschule, etwa 10 Minuten von unserer Wohnung entfernt. Zu Frl. Brockmeier, unserer Klassenlehrerin, fasste ich sofort Vertrauen, sie machte einen liebevollen Eindruck. In den vier Grundschuljahren hatten wir in ihr eine kluge und verständnisvolle Lehrerin, die es verstand, unseren Ehrgeiz und unseren Fleiß zu wecken.

An manchen Tagen, vor allem natürlich am Geburtstag des Führers, wurde vor Schulbeginn die Hakenkreuzfahne gehisst. Das machte eine Schülerin der vierten Klasse. Dann sangen wir die Nationalhymne und das Horst-Wessel-Lied. Das gesamte Lehrer-Kollegium stand mit uns stramm, den rechten Arm zum Hitler-Gruß erhoben. Mir wurde dabei immer der Arm schwer, aber ich hielt tapfer durch. Zu jener Zeit ging ich noch gern zur Schule, das sollte sich später aber zeitweilig ändern.

Ein halbes Jahr nach der Einschulung lernte ich meine Lebensfreundin kennen. Lisa Wesemann, weizenblond, mit großer blauer Schleife im Haar, die genauso blau wie ihre Augen war, wurde uns von Frl. Brockmeier vorgestellt und

Mein Schulbild 1938 (ich in der ersten Reihe, fünfte von links)

in unsere Klassengemeinschaft aufgenommen. Wir saßen zu viert in einer Bank, da neben mir aber ein Platz frei war, durfte Lisa sich neben mich setzen.

Lisa wohnte ganz in der Nähe von uns, in der Ziegelstraße. Ich bekam den ehrenvollen Auftrag, sie die ersten Tage nach Hause zu begleiten, da sie und ihre Eltern erst vor kurzem von Hannover nach Osnabrück umgezogen waren.

Lisa und ich verstanden uns auf Anhieb. Unsere tiefe Freundschaft sollte ein Leben lang halten und heute können wir voller Dankbarkeit auf eine siebzigjährige Freundschaft zurückblicken. Dieses Jahr, wir schreiben das Jahr 2008, werden wir wohl dieses besondere Ereignis gebührend begießen. Dazu könnten wir vielleicht auch all die anderen Freundinnen, die später unsere Lebenswege kreuzten, einladen. Schön wäre es.

Inzwischen spürte ich – so jung ich noch war – die Diskrepanz zwischen dem Verhalten meiner Eltern zu Hause und außerhalb der vier Wände mit Nachbarn oder auch Verwandten. Opa, also Muttis Vater, war Partei-Mitglied und auch Onkel Erich trug das Partei-Abzeichen. Sie gehörten zum Kreise derer, bei denen mein Vater mit seiner Meinungsäußerung sehr wortkarg und zurückhaltend geworden war.

In der Nacht vom 9. auf den 10. November 1938 (die später sogenannte „Reichskristallnacht") wurde ich von lautem Gebrüll wach, da ich mein Zimmer zur Straße hinaus hatte. Meine Eltern und Franz kamen ins Zimmer. Wir öffneten das Fenster. Unten marschierten SA-Männer. Aus der Ferne hörten wir Schreie. Fensterscheiben klirrten. Auch bemerkten wir etliche Brände in der Stadt – wir wohnten im höher gelegenen Teil Osnabrücks und hatten daher einen guten Überblick.

Irgendwie konnten wir uns keinen Reim darauf machen. Am nächsten Morgen in der Schule wurde uns aber vom Rektor in knappen Sätzen über „Säuberungsaktionen von unerwünschten Elementen" berichtet, die in der Nacht stattgefunden hätten.

Nachmittags befanden Mutti und ich uns auf dem Weg zu unserem Zahnarzt auf der Großen Straße, eine der Hauptstraßen unserer Stadt. Plötzlich teilte sich der Fußgängerstrom nach rechts und links. In der Mitte zog ein dürftig bekleideter Mann einen Handkarren hinter sich her, und das, was sich darauf befand, stank furchtbar. Er trug ein großes Pappschild um den Hals, darauf stand: „Ich bin ein Judenschwein". Immer wieder wurde er mit einer Peitsche von Männern in Uniform angetrieben, wobei er schon sichtlich erschöpft schien.

Schreckerstarrt blieben wir stehen, und Mutti zog mich schnell beiseite. Wir gingen nicht mehr zum Zahnarzt, sondern schnellstens nach Hause. Mutti hatte den armen Menschen erkannt, es war Herr David, der Geschäftsinhaber von Samson & David, wo wir oft sehr gerne gekauft hatten. Wir Kinder durften immer, bevor man das Geschäft verließ, an der Eingangstür in ein großes Glas mit Himbeerbonbons greifen. Ich war sehr verstört und Mutti konnte ihre Tränen nicht zurückhalten.

Abends, als Papa vom Werk kam, wurde lange darüber gesprochen. Mein Vater nahm mich mit ernstem Gesicht auf seinen Schoß. Er versuchte mir zu erklären, was das alles bedeutete. Ich wurde streng ermahnt, über alles, was ich diesbezüglich hörte oder sah, zu schweigen. Ab diesem Zeitpunkt sprachen meine Eltern in meiner Gegenwart kaum noch über Politik. Auch bei Hitler-Reden stellte man das Radio einfach ab, wenn ich zugegen war. Meine Eltern hatten wohl Angst, dass ich in der Schule oder im Freundinnen-Kreis irgendwie die andere Meinung meiner Eltern ausplapperte.

Dank meiner ängstlichen Natur mussten sie aber keine Sorge haben. Ich war inzwischen so verunsichert, dass ich mich instinktiv zurückhielt oder meine Verhaltensweise entsprechend anpasste.

Unser normaler Alltag ging weiter, und kleine und große Freuden zusammen mit meiner Freundin oder mit Klassenkameradinnen wie auch interessante Schulausflüge verdrängten das erschütternde Erlebnis. Es sollte aber noch viel schlimmer kommen. Alle Geschäfte, die auf dem sogenannten „Index" standen, wurden geschlossen. Für einige Zeit sah man im Stadtbild öfters Menschen, die einen Judenstern an ihrer Kleidung trugen, traurige, verhärmte Gestalten. Ich erlebte nie, dass jemand diese Leute ansprach, es wurde einfach weggeschaut.

Die Familie

Papa ertüchtigte sich einmal in der Woche beim Sport. Als begeisterter Turner gehörte er schon seit etlichen Jahren dem Osnabrücker Turn-Verein (OTV) an. Besonders aber hatte er ein Faible für Kunstturnen. Osnabrück besaß eine sehr gute Kunstturn-Riege. Manche Veranstaltung dieser Art konnten wir als Zuschauer mit Franz und Mutti miterleben.

Außerdem war mein Vater Mitglied des OKD-Gesangsvereins. Er verfügte über eine recht gute Baritonstimme. Im Sommer beim Sängerwettstreit, wo viele Männer-Chöre ihr Liedgut vortrugen, konnten wir unter freiem Himmel diese herrlichen Konzerte genießen. Wenn dann das Abschlusslied „Ich bete an die Macht der Liebe" erklang, kamen mir die Tränen, so rührte mich das an.

Franz spielte aktiv Fußball im Werkssport-Verein. Spielte samstags der VFL an der Bremer Brücke (das Stadion ist heute noch ein Begriff), waren Vater und Sohn oft dort zu finden.

Mein Bruder Walter hatte inzwischen von Mannesmann in Düsseldorf zur Firma Siemens in Berlin gewechselt. Zum Stolze meines Vaters stieg er die Erfolgsleiter immer höher.

Die Nonne im Hexengang und andere
Eskapaden

Lisa und ich hatten uns beide im Jahr 1938 zu Weihnachten Rollschuhe gewünscht und auch bekommen.

Im Frühling erprobten wir sie eingehend. Gerne fuhren wir auf dem Domhofs-Platz Rollschuh, wo sich auch andere Kinder tummelten. Der Hexengang, die so genannte Kleine Domsfreiheit, zog uns magisch an. Das Pflaster dort wurde erst kürzlich modernisiert. Auf dem glatten Asphalt ließ es sich prächtig laufen.

Unsere Künste steckten allerdings noch in den Kinderschuhen. So passierte es, dass ich unfreiwilligerweise in vollem Schwung – ohne bremsen zu können, wie hypnotisiert – einer stattliche Ordensschwester in die Arme lief. Sie nahm die ganze Breite des schmalen Ganges ein. Vielleicht hatte sie damit gerechnet, dass ich irgendwie zum Stehen kam, doch ich raste mit vollem Tempo auf sie zu. Gut, dass sie so stabil gebaut war, sonst hätte ich sie wohl zu Fall gebracht. Ich hatte einen ziemlichen Schrecken bekommen, und sie auch! Sie ermahnte mich, das nächste Mal vorsichtiger zu sein; das versprach ich und entschuldigte mich für meine Unachtsamkeit. Meine Lust am Rollschuhfahren war mir aber für diesen Tag gründlich vergangen. Den Hexengang suchten wir nicht mehr so oft auf.

Lisas Brüderchen, der kleine Willi, hielt meine Freundin – wenn sie auf ihn aufpassen musste – ganz schön in Atem. Ich kann mich an eine lustige Begebenheit erinnern, obwohl Lisas Mutter das im Nachhinein gar nicht lustig fand, denn es hätte auch böse enden können.

Lisa und Klein-Willi am Seerosen-Teich im Bürgerpark, im Sommer 1942 oder 43

In der Ziegelstrasse hatten Bauarbeiter dicke Röhren platziert, die in den nächsten Tagen wohl verlegt werden sollten. Wir Kinder fanden diese Röhren nun sehr interessant, spielten um sie herum und benutzten sie in unserem Übermut sogar als Wippe. In einem unbeobachteten Moment robbte der kleine Willi in so eine Röhre hinein, was recht lustig aussah. Als Klein-Willi dann aber fest drinsteckte – mit dem Kopf schaute er vorne heraus, doch er konnte weder vor noch zurück, fing die Sache an, für ihn brenzlig zu werden. Wir bekamen es mit der Angst zu tun, besonders Lisa. Es gab seitens Willi großes Geschrei, und wir schauten ziemlich hilflos drein.

Irgendwie, beim Hin- und Herbewegen der Röhre und mit vereinten Kräften, rutschte unser Willi Gott sei Dank unversehrt vorne heraus. Das war noch einmal gut gegangen. Wir fühlten uns alle etwas schuldig, da wir nicht gut genug auf ihn aufgepasst und selber auf den Röhren herumgeturnt hatten.

Düstere Wolken am Horizont und Papas Kaiserliche Marine

Im Sommer 1939 fuhren wir – wie jedes Jahr – in die Sommerfrische in den Harz und nach Molmeck. Bei Oma und Verwandtschaft gab es nur ein Thema: der bevorstehende zweite Weltkrieg!

Mit meinen Cousinen und mit Cousin Hans stand ich inzwischen auf vertrautem Fuß. Wir spielten alle unbeschwert. Da kam uns zum Beispiel Onkel Roberts Handwagen, der da an der Hauswand stand, gerade recht. Wir fuhren alle zusammen, vorne Cousin Hans als Wagenlenker, mit Gelächter den langen Berg hinunter. Als Onkel Robert es merkte und er Angst um seinen Handwagen bekam, mussten wir uns ein anderes Opfer suchen. Die Stunden gingen immer viel zu schnell vorbei, und auch in Wippra gab es genug Abwechslung.

Vor Ausbruch des zweiten Weltkrieges, es muss im Juli gewesen sein, kam Walter von Berlin überraschend für einige Tage nach Hause. Abends saß Papa mit meinen Brüdern und Mutti im Wohnzimmer. Ich lag schon im Bett, bekam aber doch mit, dass sie lange und heftig diskutierten.
Später erfuhr ich, dass sie Vater um Rat fragten, welche Waffengattung sie wählen sollten. Papa

hatte den ersten Weltkrieg bereits hinter sich und mehr Erfahrung.

Walter – inzwischen ein angehender Offizier beim Heer – konnte die ersten Kriegsjahre teilweise in Berlin verbringen, später wurde Russland sein Schicksal.

Franz ging zur Luftwaffe, auf Vaters Anraten zum Bodenpersonal.

Warum keiner meiner Brüder bei der Marine dienen sollte (mein Vater hatte vor dem ersten Weltkrieg sechs Jahre dieser Waffengattung angehört) begründete Papa anscheinend mit Argumenten, die sie wohl überzeugten.

Doch damals diente Papa gerne bei der Marine, wie er sagte. Von seiner Gesinnung her konnte man ihn als einen Kaisertreuen mit strengen preußischen Ansichten und Tugenden bezeichnen. Als Heranwachsende hätte ich ihm stundenlang zuhören können, wenn er uns von seiner Marine-Zeit erzählte. Es müssen wohl die schönsten Jahre seines Lebens gewesen sein. Sein Stolz, zur Marine gehört zu haben, schwang durch all seine Erzählungen.

Sehr detailliert erzählte er uns von seinen Fahrten in fremde Länder und Kontinente sowie von den Landgängen. Auch die Disziplin und Kameradschaft, die an Bord herrschte, erwähnte Papa. Diese Tugenden prägten sicherlich sein weiteres Leben. Auf der „Wittelsbach", einem

Linienschiff, benannt nach dem Königshaus Bayerns, fühlte er sich sechs Jahre lang wie zu Hause.

Besonders anschaulich und stolz schilderte er uns ein besonderes Ereignis, und zwar die große Flotten-Parade, die traditionell immer an Kaisers Geburtstag im August in Heringsdorf auf Usedom stattfand. Die komplette Kaiserliche Familie befand sich auf der Seebrücke, wenn der Flottenverband an ihnen vorüber zog. Alle Schiffe hatten über die Toppen geflaggt, und die Mannschaften und Offiziere standen stundenlang – oft in der sengenden Augustsonne – in weißer Parade-Uniform in Reih und Glied stramm, die Hand zum Gruß an der Mütze, und huldigten so dem Kaiser.

Später, während des ersten Weltkrieges, hatte Papa Glück. Er war in Wilhelmshaven stationiert und wurde von Feindberührung verschont.

Aus seiner Marinezeit stammte auch die Liebe zur Sternenkunde. Sehr oft ging mein Papa mit mir, als ich älter war, an sternenklaren Abenden nach draußen, so z. B. in den nahen Bürgerpark, wo man eine unverbaute Sicht hatte. Er zeigte mir dann die Sternenbilder des Großen und Kleinen Bären, das Siebengestirn, das „W" der Kassiopeia, das Sternenbild des Orion und so weiter. Auch mich fasziniert heute noch an klaren Abenden die Schönheit und Unendlichkeit des Firmaments immer wieder.

Die bösen Ahnungen bestätigen sich

Am 1. September 1939 erklärte also Hitler Polen den Krieg. Ich saß mit meinen Eltern am Frühstückstisch, als im Radio die Nachricht bekannt gegeben wurde. Obwohl meine Eltern damit gerechnet hatten, wirkten sie wie betäubt.

Ich selbst konnte mir unter „Krieg" nichts Konkretes vorstellen, spürte aber an der Reaktion meiner Eltern, dass da etwas Böses auf uns zukam.

Von Walter aus Berlin hörten wir nichts. Doch Franz hatte schon Ende August den Bescheid bekommen, dass er sich auf dem Luftwaffen-Stützpunkt „Jever" einzufinden habe.

Am 3. September, einem Sonntag – meine Eltern und ich hatten es uns gerade auf dem Balkon gemütlich gemacht – kam die Nachricht durchs Radio, dass England uns ebenfalls den Krieg erklärt habe; am 5. September schloss sich Frankreich an. Polen war inzwischen besiegt worden. Unsere Truppen, so erfuhren wir, marschierten in Warschau ein.

Meine Eltern verfolgten nun alles Weitere immer genau. Die Nachrichten und Sondermeldungen hörten sie täglich. Für mich änderte sich jedoch nicht viel – ich hatte meine kleinen Freuden oder auch schon mal kleine Kümmernisse, wie das eben so ist.

Die verflixten Wollstrümpfe

Mein Bruder Franz fand sich für einige Zeit in Frankreich wieder. Er schickte uns ein Paket mit schönen Sachen, zum Beispiel ein echtes Parfüm für Mutti. Für mich kamen Wollstrümpfe zum Vorschein, denn es ging auf den Winter zu.

Er hatte es gut gemeint, aber begeistert war ich nicht davon. Diese Dinger musste ich dann im Winter tragen, sie kratzten wie verrückt, doch Mutti gab sich unerbittlich. Meine Baumwollstrümpfe, so meinte sie, seien nicht warm genug. Mädchen trugen damals noch keine Hosen, höchstens Trainingsanzüge draußen beim Sport.

Ich zottelte also los zur Schule, zusammen mit Lisa, die mich immer abholte. Mutti schaute uns aus dem Fenster hinterher. Waren wir aber unter der Eisenbahnbrücke und aus Muttis Blickfeld verschwunden, dann kamen die vermaledeiten Dinger runter! Bis auf die Knöchel hatte ich nun nackte Beine – ganz schön kalt. Das letzte Stück liefen wir, damit mir nicht zu kalt wurde.

Mutti kam, als meine Beine feuerrot wurden und juckten, Gott sei Dank auf die Idee, ich solle doch die Baumwollstrümpfe drunter tragen. So wurde es gemacht und das Problem war gelöst.

Schmale Kost

Inzwischen musste man notgedrungen mit den Lebensmittelkarten auskommen.

Fleisch, Milch und Eier wurden zwar noch einigermaßen großzügig rationiert, doch Öl und Fette gehörten mit zu den Lebensmitteln, die streng kontingentiert waren. Mutti jedoch konnte aus wenigen Zutaten - unserer Meinung nach - die schmackhaftesten Gerichte zaubern.

Ein Kollege meines Vaters, der auf dem Lande wohnte und nebenher eine kleine Landwirtschaft betrieb, beglückte uns ab und zu mit einem Stück Schinken oder einer Räucherwurst.

Mutti erlernte als junges Mädchen ihren Wunschberuf. Eine gute Köchin wollte sie werden. Sie konnte nach ihrem Schulabschluss eine Lehrstelle im renommierten Hotel Hohenzollern am Hauptbahnhof bekommen. Nach dreijähriger Lehrzeit wurde ihr von ihrem Lehrherrn als Anerkennung für ihre hervorragenden Leistungen ein dickes Kochbuch mit entsprechender Widmung überreicht. Dieses Kochbuch hielt ich noch lange nach ihrem Tode in Ehren. Heute besitzt es Brigitte als Andenken an ihre liebe Oma.

Meine Mutti sprach perfekt Holländisch. Ich fand das sehr spaßig, wenn sie mir aus Jux in holländischer Sprache antwortete. Sie bekam nach ihrer Lehrzeit auf Empfehlung ihres Chefs

gleich eine Stelle bei einer holländischen Reederfamilie in Rotterdam, zunächst als Beiköchin,
bald darauf als erste Köchin.

Die Jahre von 1918 bis 1934, als in Deutschland
aufgrund des ersten verlorenen Weltkrieges und
allem, was damit zusammenhing, schwere
Zeiten herrschten, verdiente Mutti gute Gulden.
Die Reederfamilie besaß ein großes Haus an der
See, wo sie die Sommermonate verbrachte. Mutti erwähnte immer wieder, wie glücklich und
zufrieden sie sich bei dieser Familie gefühlt
hatte. Ihrer Meinung nach konnte sie dort über
ganz erhebliche Annehmlichkeiten verfügen.

Meine Laubfrösche

Jetzt fällt mir die Episode mit den Fröschen ein.

Ich mochte etwa neun Jahre alt gewesen sein, da ging auf mein Bitten hin ein Wunsch in Erfüllung. Zwar in verminderter Form, aber für mich durchaus in Ordnung. Eigentlich hätte ich zu gerne einen kleinen Hund zum Spielen und Liebhaben gehabt. Aber meine Eltern machten mir klar, dass es in einem Mehrfamilienhaus und in einer Etagenwohnung nicht das Optimale sei, einen Hund zu halten, zumal eine Genehmigung hierfür sehr fraglich war.

Mein Vater meinte, ein Terrarium mit Laubfröschen würde mir vielleicht auch Spaß machen. Gesagt, getan!

Ich ging also erwartungsvoll mit ihm in die Zoohandlung, die sich in der Lohstraße befand. Dort erstanden wir ein Laubfroschpärchen. Ich war begeistert von diesen außergewöhnlichen Tierchen.

Mutti stellte das größte Gurkenglas, das sie im Keller finden konnte, zur Verfügung. Papa schnitzte für meine Frösche ein Leiterchen. Das Glas wurde mit Moos ausgepolstert. Ein kleiner flacher Glasbehälter diente als Teich. Ein Gaze-Deckel dichtete das Ganze ab, damit meine Frösche nicht heraushüpfen konnten. So hatte ich ein Mini-Terrarium – und meine Frösche schienen sich recht wohl in ihrem neuen

Zuhause zu fühlen. Es war Sommer und Fliegen und Brummer gab es reichlich. So konnten sie gut leben.

Ich hatte meinen Spaß daran, sie dabei zu beobachten, wie sie vergnüglich in ihrem Miniteich planschten oder auf der Leiter saßen, sich aufblähten und quakten. Hatten sie so fünf bis sechs Brummer, die ich ganz schnell im Glas verschwinden lassen musste, mit unglaublicher Treffsicherheit geschnappt und verspeist, hockten sie zufrieden und satt in ihrem Glas – meist halb von einem Blatt verdeckt, Äuglein zu, ihre Vorderbeinchen anmutig angezogen und die kleinen Fingerchen mit den kugelförmigen Saugnäpfen unterm Köpfchen gefaltet. Nichts konnte sie aus der Ruhe bringen.

Ab und zu ließ ich sie auf dem Balkon herumspazieren, natürlich nicht, ohne sie aus den Augen zu lassen. Sie sollten aber meiner Meinung nach so etwas wie Freiheit haben. Mit der Zeit wurden sie sogar recht zutraulich. Ich konnte sie auf mir herumspazieren lassen. Freundin Lisa fand meine Ambitionen in Sachen „Frösche" zwar recht ungewöhnlich, aber sie akzeptierte meinen Spleen.

Da Laubfrösche ja bekanntlich ab Spätherbst in den Winterschlaf fallen, musste entsprechend vorgesorgt werden. Zu diesem Zwecke diente ein großer Pappkarton mit viel Laub, unter dem sie sich gerne verkrochen. So konnten sie die

Wintermonate im kühlen Keller verschlafen. Wenn sie im März munter wurden, zogen sie wieder in ihr Glashaus. Jetzt hieß es aber, Futter besorgen für meine schon recht munteren Gesellen. Da war manchmal guter Rat teuer! Gab es doch noch keine Fliegen, von denen sie sich hauptsächlich ernährten. Ab und zu musste ich dann aus der Zoohandlung entsprechendes Futter besorgen, was aber nicht so gerne angenommen wurde. Also hieß es, auf Fliegenjagd zu gehen. Das war gar nicht so einfach. Papa animierte sogar seine Kollegen zum Fliegenfangen – und meine Freude war groß, wenn die Speisekarte meiner Frösche auf diese Weise beibehalten wurde. Sie konnten auch mehrere Tage ganz ohne Futter auskommen. Ich hatte sehr viel Kurzweil und Freude an diesen interessanten Tierchen.

In der Schule mussten wir einmal im Fach Naturkunde einen Aufsatz über das Beobachten von Tieren schreiben. Da kam ich so richtig zum Zuge und konnte mit meinem ausführlichen Bericht glänzen. Der Aufsatz kam so gut an, dass er in allen Parallelklassen vorgelesen wurde.

Bis zu dem Zeitpunkt, als wir 1944 ausgebombt wurden, erfreuten mich meine Laubfrösche. Dann allerdings begann für mich sowieso ein anderes Leben – und nichts war mehr so, wie es war. Doch zurück zum Jahre 1940.

Inzwischen begann der Russland-Feldzug. Mein Vater äußerte die Meinung, dieses sei der Anfang vom Ende, es könne einfach nicht gut gehen. Über die Hasetor-Brücke, von uns gut zu beobachten, rollten die langen Güterzüge mit Panzern und Militärfahrzeugen. Die Kohlenzüge aus dem Ruhrgebiet fuhren Tag und Nacht, alles gen Osten.

Wir Kinder fanden das mehr oder weniger interessant. Die fast täglichen Sondermeldungen im Radio, pompös und großspurig angekündigt, beeindruckten uns mehr. Was das alles bedeutete, war mir Gott sei Dank noch nicht klar. Aber eine leise Ahnung von Bedrohlichem, das immer näher kam, hatte ich schon.

Der „Erzfeind" wurde verspottet, wo es nur ging – und die Jugendlichen sangen begeistert das Lied „….denn wir fahren gegen Engeland".

Auch die Propagandareden Göbbels, oder wenn der Führer sprach, flößten mir Angst ein, zumal ich an den Mienen meiner Eltern ablesen konnte, was sie davon hielten.

An der Ziegelstraße

In der Ziegelstraße hatte Lisa – wie schon erwähnt – ihr Zuhause. Zu dem schon etwas älteren Haus gehörte ein schöner großer Vorgarten mit altem Baumbestand. Begrenzt wurde das Ganze zur Straßenseite hin mit einer Steinmauer. Den Garten konnte man aber von der Straße aus nicht einsehen.

Wir Kinder saßen sehr gern auf dieser Mauer. Von hieraus konnten wir das Straßengeschehen beobachten und hatten manchmal unseren Spaß daran, wenn wir unten die Passanten foppten. Ließen wir z. B. an einem dünnen Faden einen interessanten Gegenstand hinunter, etwa eine Geldbörse, natürlich ohne Geld darin, dann wurde es für uns spannend. Bückte sich nun der jeweilige Passant, zogen wir das Corpus Delicti ganz schnell wieder hoch. Verblüfft wurde hoch geschaut, aber nichts war zu sehen. Wir duckten uns ganz schnell, so dass man uns kaum sehen konnte.

Doch manchmal waren wir nicht schnell genug und bekamen entsprechende Kommentare zu hören.

Die Wohnungen im Haus von Lisas Familie waren so konzipiert, dass sich jeweils auf einer Etage zwei große Wohnungen befanden, die nur durch die entsprechende Etagentür getrennt wurden. Die Nachbarsfamilie, die auf dem gleichen Flur wie Lisas Eltern wohnte, hatte zwei Jungen, etwa in unserem Alter, vielleicht auch ein Jahr älter. Sie hießen Werner und Heinz. Lisas Vater und auch Herr Burgdorff, der Vater der beiden Buben, befanden sich an der Front. Die Mütter mussten daher mit allem alleine fertig werden.

Nebenbei bemerkt, erging es diesbezüglich meinen Eltern besser, da mein Vater schon in einem Alter war, in welchem er nicht mehr zum Militär musste. Lisas Mutter und Frau Burgdorff gingen jedenfalls, wie auch meine Mutti, einmal in der Woche zur Frauenhilfe. Dort wurden warme Sachen gestrickt für unsere Soldaten im Feld.

Wenn Lisa und ich an solchen Tagen reine Luft hatten, spielten wir zu gerne mit den Jungen eine Art Versteckspiel. Es gab damals in Kinderkreisen dafür einen etwas makabren Namen, nämlich: „Ich rieche, rieche Menschenfleich“: Das wurde dann immer von demjenigen, der suchen musste, gerufen.

Am liebsten spielten wir dieses Spiel in der Abenddämmerung, wenn es schon recht schummrig in den jeweiligen Wohnungen war. Ließen wir die Türen in den Etagenwohnungen offen, konnten wir sogar in beiden Wohnungen operieren, was die Spannung noch um ein Vielfaches erhöhte.

Wir versteckten uns also unter Betten, Schränken, Kommoden und anderem, was zur Folge hatte, dass es ziemlich wüst zuging, schon mal Stühle umfielen oder Kleinmöbel irgendwie verrückt wurden. Der Suchende rief immer wieder drohend oder im schauerlichen Ton, „Ich rieche, rieche Menschenfleisch“, was bei den Gesuchten ein prickelndes Gefühl hervorrief.

Wir hatten ganz schön zu tun, die umgefallenen Stühle wieder aufzuheben und alles wieder in Ordnung zu bringen, bevor die Mütter zurückkamen. Irgendwann aber überraschten sie uns mitten in unserem spannenden Spiel. Natürlich durften wir danach nicht mehr in den Wohnungen herumtoben. Notgedrungen verlagerten wir dieses Spiel nach draußen, was längst nicht den gleichen Reiz hatte.

Auf der Suche nach sicherem Schutz

Im Jahre 1942 gab es zwar schon öfters Fliegeralarm, aber im Gegensatz zu dem, was noch
folgen sollte, hielt es sich noch in Grenzen. Wir
flüchteten zu der Zeit in die Kellerräume unseres Hauses. Wie naiv! Ein Volltreffer, und wir
hätten das nicht überlebt. Nur vereinzelt wurden Wohnhäuser getroffen, hauptsächlich im
Umfeld des Hauptbahnhofs. Vor allem der so
genannte „Fledder", Osnabrücks großer Ran-
gierbahnhof, war für den Feind interessant: Von
dort aus gingen die Güterzüge in alle Richtungen, beladen mit Nachschub und kriegswich-
tigem Material aus dem Ruhrgebiet. Der Fledder
wurde daher immer öfter in Mitleidenschaft
gezogen.

Meine Eltern machten sich Sorgen, wohin wir
uns bei Fliegeralarm in Sicherheit bringen
könnten, ohne zu weite Wege in Kauf nehmen
zu müssen. Zwar gab es schon Hochbunker in
verschiedenen Stadtteilen, jedoch weiter entfernt
von uns. Aber wir hatten Glück. Am Rande des
Bürgerparks, der in kurzer Zeit zu erreichen
war, befanden sich unterirdische Gänge, die
noch aus dem fünfzehnten, sechzehnten Jahr-
hundert stammten und die vom Dom aus unter
der Hase hindurch bis zum damaligen Gertru-
denkloster – eben in den späteren Bürgerpark –
führten. Diese Gänge, im tiefen Fels verborgen,

wurden weiter freigelegt, befestigt und als recht sicherer Bombenschutz genutzt.

Ab dem Jahr 1943, als die Situation sich verschärfte, liefen wir bei Fliegeralarm – oft schon bei Vorarlarm – unzählige Male mit Köfferchen und Rucksack immer bergauf, teils Treppen steigend, in Richtung Bunker.

Zunächst einmal war es für uns Kinder nach leichteren Angriffen noch eine Sensation, besonders schöne und gezackte Bombensplitter zu finden. In den Schulklassen fanden regelrechte Tauschaktionen statt. Bald aber verloren diese Aktivitäten ihren Reiz.

Besonders schöne Erinnerungen

Mir fallen immer wieder schöne Ereignisse ein, die die Jahre 1942, 1943 für mich bereit hielten.

Hatte mein Bruder Franz z. B. Heimaturlaub, lud er mich ab und zu ins Kino ein. An den ersten Film meines Lebens, „Quax, der Bruchpilot" mit Heinz Rühmann, kann ich mich noch gut erinnern.

Franz in schicker Fliegeruniform, ich durfte mich bei ihm einhaken – so schlenderten wir einträchtig, ich ganz stolz und aufgeregt, die Große Straße entlang Richtung Capitol. Meinen Klassenkameradinnen erzählte ich schon den Tag zuvor, dass mein großer Bruder auf Heimaturlaub sei und dass wir ins Kino gehen würden. Etlichen Klassenkameradinnen begegneten wir plötzlich auf der Großen Straße; sie wollten sich wohl meinen Bruder anschauen, denn keine von ihnen konnte diese Besonderheit aufweisen. Ohne Franz als Begleitung wäre ich auch gar nicht in den Genuss des Filmes gekommen. Damals gab es eben noch strenge Grundsätze, obwohl dieser Film ja nun wirklich als harmlos bezeichnet werden konnte.

Ein ganz besonders schönes Ereignis war die Hochzeit, zu der mein lieber Bruder Franz uns im Mai 1943 einlud.

Wilma, seine Braut, konnte man als „waschechte Ostfriesin" bezeichnen. Die beiden hatten sich schon in Jever zu der Zeit, als er dort noch stationiert war, kennen gelernt. Sie besuchte uns öfter mal in unserem schönen Osnabrück. Ihr Elternhaus stand in Dornumersiel, damals noch ein verträumtes Fischerdörfchen mit einem kleinen Hafen, der allerdings nur bei Flut genutzt werden konnte. Zum offenen Meer gelangte man über Wiesen, auf denen unzählige Kühe weideten.

Zur Hochzeit kam auch mein älterer Bruder Walter, den wir mindestens 3 Jahre nicht mehr gesehen hatten. Er heiratete schon 1941. Zu jener Zeit in Berlin im Wehrmachtsstab tätig, lernte er dort seine Frau Hildegard kennen. Hildegards erster Mann war im Frankreichfeldzug gefallen. Sie brachte eine Tochter mit in die Ehe. Ich kann mich noch gut daran erinnern, dass meine Eltern mehr als überrascht waren, als mein Bruder uns mitteilte, er habe geheiratet. Und endlich lernten wir seine Familie auch kennen. Ich war plötzlich Tante, was ich ungeheuer spaßig fand. Waltraud, das angeheiratete Töchterchen, befand sich ungefähr in meinem Alter, wohl ein Jahr jünger, genau weiß ich es nicht mehr.

Jetzt also fuhren wir zur Hochzeit nach Dornumersiel. Für mich eine hoch interessante Angelegenheit.

Walter und seine Familie begrüßten uns freudig am Bahnhof Norden. Dort stand eine Kutsche für uns bereit. Wie aufregend das alles war!

Das erste Mal in meinem Leben kletterte ich auf einen Kutschbock, zusammen mit meiner frisch gebackenen Nichte Waltraud. Der Kutscher stellte sich uns als Wilmas Bruder vor. Wir lernten ihn als einen sehr netten jungen Mann kennen.

Walter, Hildegard und meine Eltern nahmen in der offenen Kutsche Platz, und los ging's bei herrlichem Sonnenschein. Die Gegend so ganz anders, als ich es gewohnt war. Weite bis an den Horizont, friedlich grasende Schafe am Deich, kleine Ortschaften mit reetgedeckten Häusern und das Meer konnte man schon erahnen. Hier spürte man nichts vom Krieg!

Die Pferde trabten gemütlich dahin und nach eineinhalbstündiger Fahrt erreichten wir Dornumersiel. Franz, Wilma und ihre Familie nahmen uns fröhlich in Empfang.

Waltraud und ich hatten gleich einen guten Draht miteinander und fanden unser neues Verwandtschaftsverhältnis recht ulkig. Gemeinsam erkundeten wir das kleine Dorf mit dem hübschen Hafen.

Es war gerade Flut. Die Fischer in ihren Kuttern tuckerten herein und luden ihren frischen Fang ab. Wir beobachteten fasziniert,

Waltraud und ich auf dem Kutschbock /
Fahrt nach Dornumersiel zur Hochzeit von Franz, 1943

Auf der Fahrt nach Dornumersiel, Mai 1943

wie Schollen, Dorsche, Kabeljau und Heringe sofort verkauft wurden. Die Hausfrauen, mit Körben bewaffnet, der einzige Hotelier am Ort und andere Interessenten sorgten im Nu für den Abverkauf. Dann befanden sich noch Krebse, Seesterne und anderes Getier im Netz. Ein Fischer überließ das „Kroppzeug", wie er meinte, uns Kindern.

Es hatten sich inzwischen einheimische Kinder eingefunden, die uns Fremde neugierig musterten. Irgendwie fielen wir mit unserer städtischen Kleidung auf, und auch wohl deshalb, weil wir hochdeutsch sprachen. Zunächst verhielten sie sich zurückhaltend. Dann aber siegte die Neugierde, zumal sie erfuhren, dass wir zur bevorstehenden Hochzeit angereist waren und ich die Schwester des Bräutigams sei.

Bald schon konnten wir in den nächsten Tagen mit ihnen zusammen über die Wiesen laufen, Schafe streicheln, die vielen schwarzbunten Kühe bewundern und vor allem an den vielen Prielen vorbei – oder auch hindurch – bis ans offene Meer gelangen. Für Waltraud und mich ein überwältigendes Erlebnis.

Noch nie hatten wir das Meer gesehen! Begeistert nahm ich alles in mich auf, die unendliche Weite, das Anrollen der Wellen, die Möwen mit ihrem Geschrei. Ich spürte das Salz auf meinen Lippen. Weit draußen hatte das Meer Schaumkronen aufgesetzt. Ein Glücksgefühl überkam mich – wir fassten uns an den Händen und stürmten am Meer entlang.

Dieses Glücksgefühl erfasst mich auch noch heute immer wieder, wenn wir wenigstens einmal im Jahr für zwei Wochen irgendwo ans Meer fahren. Damals entdeckte ich meine große Liebe zum Meer, sei es nun Nord- oder Ostsee, die Adria, das Mittelmeer, der Atlantik – oder wo auch immer uns unsere Reisen in späteren Jahren hinführten.

Doch zurück zur Hochzeitsfeier meines Bruders. Es gab eine richtige Dorfhochzeit. Am Vorabend wurde tüchtig gepoltert, gesungen und getanzt. Recht lustig ging es zu, und die Erwachsenen schienen sich prächtig zu amüsieren. Waltraud und ich wurden wegen Übermüdung aber bald aus dem Verkehr gezogen, damit wir dann auch am eigentlichen Hochzeitstag wieder frisch dabei sein konnten.

Die Hochzeitsfeier selbst steht nur bruchstückhaft vor meinen Augen. Ich weiß noch, wie ich meine Brüder in ihrer Gala-Uniform bewunderte. Walters Degen an seiner Seite erregte mein besonderes Interesse. Wilma sah als Braut entzückend aus und mein Franz in seiner schicken Fliegeruniform wirkte Respekt einflößend auf mich.

Ich erinnere mich an das hübsche kleine Dorfkirchlein. Jeder Platz war besetzt. Das ganze Dorf schien auf den Beinen zu sein. Außerdem habe ich noch die vielen schön geschmückten Kutschen vor Augen.

Nach der Trauung fuhren wir zurück ins Hotel, wo man uns schon erwartete. Was gab es da alles zu essen! Dass Krieg war, wurde an diesem Tag vergessen. Es herrschte eine ausgelassene Fröhlichkeit, und ich erlebte zum ersten Mal auch meine Eltern in gelöster Stimmung.

Schon lange nicht mehr hatte ich so leckere Sachen in so einer Fülle zu sehen bekommen – und etliche andere Gäste wohl auch nicht. Wilmas Bruder, viele junge Leute im Fronturlaub und wir Städter mussten schon mit schmaler Kost vorlieb nehmen. Ich weiß auch noch, dass es einen traurigen Abschied von meinen Brüdern gab, als meine Eltern und ich nach einigen Tagen wieder heimwärts fuhren. Für beide Brüder ging es wieder an die Ostfront, einem ungewissen Schicksal entgegen.

Meinen armen Bruder Walter sollte schon ein dreiviertel Jahr später ein bitteres Schicksal ereilen! Er geriet in russische Gefangenschaft und wurde erst 1948 als Spätheimkehrer entlassen. Walters Schicksal ist ein Kapitel für sich, doch dazu später.

Und Wilmas Bruder – so erfuhren wir später ganz erschüttert – fiel bei Stalingrad.

Eine unangenehme Episode

Das Jahr 1942 hielt für mich aber auch eine sehr bedrückende und stressige Zeit bereit.

Die Grundschuljahre waren zu Ende, und damit begannen für mich sehr unglückliche Wochen. Auf Wunsch meines Vaters wechselte ich zur Wittekind-Realschule. Freundin Lisa und die meisten Schulfreundinnen blieben weiter auf der Volksschule.

Vom ersten Tag an fühlte ich mich in der neuen Klasse sehr unwohl. Nur wenige Klassenkameradinnen aus der Grundschule wechselten mit mir zur Realschule und ausgerechnet auch noch die, zu denen ich kaum Kontakt gehabt hatte. Hinzu kam, dass es fast nur Lehrerinnen gab, die ihr Partei-Abzeichen deutlich sichtbar an ihrer Kleidung trugen und die durch die Bank mit einer solchen Hochnäsigkeit und Unnahbarkeit der Klasse gegenüber auftraten, dass ich mich sehr eingeschüchtert fühlte. Hatte ich doch in den vier Grundschuljahren eine überaus einfühlsame Lehrerin gehabt. Das sollte nun anders werden.

Es fiel mir von Anfang an schwer, dem Lehrstoff, der uns meiner Meinung nach mehr oder weniger gleichgültig offeriert wurde, gerecht zu werden. Besonders die Fächer Mathematik und Englisch machten mir Schwierigkeiten. Als ich zu allem Unglück gleich nach vier

Wochen erkrankte und mindestens drei Wochen dem Unterricht fernbleiben musste, konnte ich den verpassten Stoff in allen Fächern kaum aufholen. Jeden Tag nun ging ich schweren Herzens zur Schule, und die mehr oder weniger unfreundlichen Kommentare der einen oder anderen Lehrerin zu meinen Leistungen, die in den anderen Fächern gar nicht so schlecht waren, trugen mit dazu bei, dass ich nach weiteren drei Wochen wieder dem Unterricht fern bleiben musste.

Diesmal lag ich mit einer doppelseitigen Lungenentzündung danieder. Das bedeutete das Aus! Meine Eltern sahen ein, dass es keinen Zweck mehr hatte und meldeten mich zurück zur Volksschule.

Gut, dass sie so gehandelt hatten. Ich fühlte mich nach meiner Genesung in meinem alten Klassenverband wieder wie zuhause, zumal mir meine neue Lehrerin, Frl. Schulz, recht gut gefiel. Auch Freundin Lisa ging mit mir wieder – wie zuvor – jeden Tag gemeinsam zur Schule. Um diese unerfreuliche Episode aber abzuschließen, muss ich noch folgendes erwähnen:

Es wurde nämlich seitens der Partei und der Schulbehörde beschlossen, dass aufgrund der sich mehrenden Luftalarme die Realschulen und Oberschulen klassenmäßig nach Holland evakuiert werden sollten. Man überließ es zwar den

Eltern, ob sie ihre Kinder mit dorthin schicken wollten, doch erstaunlicherweise erklärten sich viele Eltern hiermit einverstanden. Meine ehemalige Mittelschulklasse, so erfuhren wir, ging fast geschlossen mit nach Holland.

Nach Kriegsende erging es diesen Kindern und Jugendlichen mit ihrem Begleitpersonal – durchweg Parteimitglieder – sehr schlecht. Sie wurden von den Holländern angefeindet, wo es nur ging. Auch englische Tiefflieger nahmen diese wehrlosen Kinder und ihre Begleitpersonen unter Beschuss. Obwohl der Krieg inoffiziell zu Ende war, gab es noch viele Opfer.

Diese furchtbaren Schicksale waren derzeit an der Tagesordnung. Noch heute erfasst mich das Grauen, wenn ich daran zurückdenke. Abschließend ist noch zu erwähnen, dass meine Eltern mich niemals mit nach Holland hätten gehen lassen. Und ich hätte es auch nie gewollt.

Meine schulischen Leistungen jedenfalls besserten sich in meiner alten Schule schnell und bald zählte ich wieder zu den Klassenbesten.

Abschied von Wippra

Inzwischen hatte es wieder Sommerferien gegeben. Meine Eltern fuhren mit mir das letzte Mal gemeinsam nach Wippra und nach Molmeck. Wir ahnten schon, dass es das letzte Mal sein könnte und so war es auch.

Frau Staub, unsere Pensionswirtin, hatte zusehends Schwierigkeiten, mit den von uns zur Verfügung gestellten Lebensmittelkarten auszukommen. Sie schaffte es jedoch immer noch, uns Gästen schmackhafte Gerichte anzubieten. Ihr Bruder, der nebenbei eine kleine Landwirtschaft betrieb, half ihr sicherlich so manches Mal, die Speisekarte zu verbessern.

Die Gespräche bei Oma und Verwandtschaft drehten sich um den fortschreitenden Krieg und die Frage, was da wohl noch alles auf uns zukommen würde.

Auch wir Kinder spürten die Veränderung. Ich musste meinen Cousinen und Cousin genau erzählen, wie ich die Luftangriffe, die ja bis jetzt noch nicht so ein großes Ausmaß hatten, erlebte. Sie konnten sich überhaupt nicht vorstellen, was wir schon durchmachen mussten und verloren daher auch bald das Interesse daran.

Die Sommerferien gingen zu Ende. Ich freute mich sogar auf die Schule und auf meine Klassenkameradinnen.

Weniger aber freute ich mich auf die wöchentlichen Zusammenkünfte bei der Hitlerjugend, denn ich ging nicht gern dorthin. Die Drillnachmittage mittwochs und samstags fanden in der Backhausmittelschule sowie auf dem dortigen Schulhof statt. Unsere BDM-Führerin Margret hatte mich auf dem Kieker. Ich konnte ihr einfach nichts recht machen, immer hatte sie an mir etwas auszusetzen. Manchmal erschien ich nicht in Uniform, ich weiß nicht mehr, wieso, vielleicht wurde meine weiße Bluse gerade gewaschen oder die Jacke hatte einen Flecken und Mutti war noch nicht dazu gekommen, die Uniform wieder in Ordnung zu bringen. Andere Kameradinnen konnten ruhig im Dirndlkleid auftauchen, das wurde übergangen, nur ich bekam ihre Aggressivität immer zu spüren. Auch eine frühere Klassenkameradin von der Grundschule, Lore Wieberneit, konnte sie nicht ausstehen.

Mein Vater ermunterte mich nun auch nicht gerade, an den Zusammenkünften teilzunehmen. Im Gegenteil, sah er mich in dieser für ihn verhassten Uniform, so konnte er sich einige bissige Bemerkungen nicht verkneifen. Mutti fand das nicht richtig, hatte ich ihr doch anvertraut, wie unwohl ich mich in diesem Kreis zusehends fühlte. Ich hatte schon genug dort auszustehen – und wusste eigentlich gar nicht, warum. Nachdem nun aber Margrets Nachname fiel, wurde meinem Vater vieles klar, Herr Sch., ein überzeugter Nazi und Margrets Vater war ein Kollege meines Vaters – und der wiederum wusste schon längst, was für eine politische Einstellung mein Vater hatte.

Mein Papa, das wurde mir jetzt bewusst, hatte eine tägliche Gradwanderung zu absolvieren. Nur eine unbedachte Äußerung seinerseits – und sein Chef, der immer die Hände über ihn hielt, hätte ihn nicht mehr schützen können. Das war meinem Vater nur zu bewusst. Diese Bedrohung, die über uns schwebte, spürte auch ich instinktiv.

In der Sing- und Spielschar

Ich hatte es damals einem glücklichen Umstand zu verdanken, dass ich mich zur Sing- und Spielschar in einen anderen Stadtbezirk ummelden konnte. Lore W., die sich, wie bereits erwähnt, bei unseren Zusammenkünften in der Backhausschule auch nicht glücklich fühlte, meinte, ich solle doch mit ihr zusammen zu dieser Gruppe gehen. Sie spielte, nebenbei gesagt, sehr gut Cello und ging zur Oberschule, aber uns beide verband schon seit der Grundschulzeit eine lockere Freundschaft. Da ich über eine recht gute Singstimme verfügte, wurde ich mit Freude im Chor aufgenommen. Lore als Cellospielerin bekam sofort ihren Platz im Jugendorchester.

So waren wir recht glücklich und gingen nun mittwochs und samstags zu den Übungsnachmittagen, die in unserem wunderschönen Schloss stattfanden. Dort herrschte ein freundlicherer Ton, denn es stand die Musik im Vordergrund. Das Orchester bestand vorwiegend aus Jugendlichen, die das nötige Rüstzeug schon vom Musikkonservatorium mitbrachten.

In diesem Zusammenhang fällt mir ein, dass mein Bruder Walter ab dem fünften Lebensjahr am Konservatorium Geigenunterricht gehabt hatte. Er spielte später während seiner Lehrzeit im OKD-Orchester mit und gab bei Aufführungen oft Soli zum Besten. Nebenbei besserte er mit seinem Engagement so manches Mal sein damals noch schmales Lehrlingsgehalt auf.

Ich fühlte mich in diesem Kreise also zum ersten Mal wohl, da wie gesagt, das Einstudieren und Üben des jeweiligen Liedguts im Vordergrund stand und vielleicht irgendwelche Ressentiments gar nicht zum Tragen kamen.

Unser Chor trat zusammen mit dem Orchester bei Veranstaltungen wie Hochzeiten, Beerdigungen, Weihnachtsfeiern und anderen Anlässen auf.

Die Nazigrößen ließen sich gerne im Schloss-Saal mit Fahnenschmuck und Brimborium von einem entsprechenden Bonzen trauen, natürlich in voller Montur – und Chor und Orchester gaben ihr Bestes. Zum Abschluss wurden immer die Nationalhymne und das Horst-Wessel-Lied gesungen, das war damals nun mal so.

Unser gemütliches Zuhause – und wachsender Unmut

Der Winter 1942/43 kam mit viel Kälte und Schnee daher. Wir beheizten aus Sparsamkeitsgründen (Kohle und Brennmaterial wurde knapp) meist nur noch die Küche. Allerdings wurde das Wohnzimmer an den Wochenenden beheizt, zumal wir oft Verwandtschaft zu Besuch hatten.

Nun war es damals üblich, die Küche auch recht gemütlich auszustatten.
In unserer relativ großen Küche gab es sogar ein Sofa. Auf einem kleinen Tischchen befand sich neben dem Balkonfenster das Radio. Ein bequemer Sessel sowie zwei Stühle, passend zum Küchentisch, vervollständigten die Sitzecke. Das Küchenbüfett (so sagte man damals) befand sich an der Wand neben der Tür, ebenso der Hand- und Küchentuchhalter, ein zu jener Zeit in keiner Küche fehlendes Utensil. Der Überwurf an diesem Gestell bestand aus weiß gestärktem Leinen, schön bestickt mit einer Borte oder Blumen-Ornamenten. Oft auch krönte ein in Kreuzstich gearbeiteter sinniger Spruch das gute Stück. „Trautes Heim, Glück allein" – daran kann ich mich noch gut erinnern!

Die Küchenlampe, die man je nach Bedarf per Zug höher oder tiefer stellen konnte, spendete ein warmes Licht und verbreitete an den langen

Winterabenden eine heimelige Atmosphäre. Auf dem Herd summte der Wasserkessel vor sich hin und ab und zu knisterte es im Herd – eine gemütliche Begleitmusik beim Lesen oder Stricken. Manchmal spielten wir auch Halma oder Mühle. Papa brachte mir schon früh das Schachspielen bei. Radio hörten wir nebenbei, vor allem auch, um frühzeitig die Vorwarnungen mitzubekommen, wenn feindliche Fliegerverbände wieder einmal die holländische Grenze passierten.

Allerdings häuften sich die Vor- und Vollalarme inzwischen, so dass wir, dadurch aufgeschreckt, unsere Gemütlichkeit mit Kälte und Hasten zum Bunker eintauschen mussten.

Oft lag ich gerade im ersten Schlummer, wenn die Alarm-Sirenen losdröhnten. Wenn auch Koffer, Rucksack oder Taschen mit dem Nötigsten immer bereitstanden, erforderte es doch jedes Mal größte Schnelligkeit, den sicheren Stollen zu erreichen.

Unser Bunker – wir sagten auch Stollen – hatte lange, in mehrere Richtungen verzweigte Gänge, die rechts und links mit Sitzbänken bestückt waren. Überall schimmerte nackter Fels hervor, der eine feuchte Kälte ausströmte. Man musste sich schon sehr warm anziehen, um längere Zeit dort unten auszuharren. Mein Trainingsanzug half mir sehr dabei, konnte ich doch Pullover und warme Strümpfe darunter tragen. Darüber dann noch Mantel, Mütze und Schal. Solcherlei bestückt, kam man unterwegs – teils bergauf – ganz schön ins Schwitzen.

Es war alles so anstrengend und mühselig, dass man bei Alarm schon mal in die Versuchung geriet, es einfach darauf ankommen zu lassen. Besonders ich wollte es manchmal nicht einsehen, aus dem warmen Bett durch die Kälte und Dunkelheit mit Rucksack und Koffer in den muffigen Bunker zu hasten, um dann nach drei- bis vier Stunden Wartezeit und Entwarnung wieder zurückzugehen.

Es gab immer öfter kleinere Angriffe. Wir wussten nie, ob wir unser Heim heile wieder sehen, zumal der Nonnenpfad, an dem wir wohnten, sich etwa fünf Minuten vom OKD-Gelände entfernt befand. Natürlich lebten wir in dem Bewusstsein, dass für unser Werk, das wie alle anderen Industrie-Unternehmen auf Kriegsproduktion umgestellt hatte, mit Sicherheit irgendwann die Stunde Null schlagen würde.

Wenn ich heute an das alles zurückdenke, kommt es mir wie ein Wunder vor, dass meine Eltern und ich dieses ganze Szenario, das sich noch steigern sollte, heil und unbeschadet – wenn auch oft erschöpft – überstanden haben.

Ein neuer Schulweg

Irgendwann im Frühjahr traf es dann unsere Domschule. Brand- und Sprengbomben hatten den größten Teil der Gebäude zerstört. Nun mussten Lisa und ich einen längeren Schulweg in Kauf nehmen.

Die Johannisschule in der Nähe des Marienhospitals, wo ich das Licht der Welt erblickt hatte, war jetzt unser Ziel. Hatten wir sonst keine zehn Minuten benötigt, mussten wir nun immer die Beine in die Hand nehmen. Eine dreiviertel Stunde dauerte es bestimmt, bis wir unsere Schule erreichten.

Ich erinnere mich an neues Lehrpersonal. Wir kamen mit Kindern aus anderen Stadtteilen zusammen. Praktisch eine zusammen gewürfelte Klasse, die sich erst finden musste. Zum ersten Mal erlebte ich einen Lehrer – Herrn Avermann – der uns Unterricht erteilte. Viele Lehrer gab es nicht mehr; es waren meist ältere Semester, denn die jüngeren befanden sich natürlich an der Front. Ich fand es jedenfalls viel interessanter, von einer männlichen Lehrperson unterrichtet zu werden.

An einen sehr netten Musiklehrer kann ich mich erinnern – und an sein Grübchen im Kinn! Auch daran, dass ich beim Einüben des Liedes „Ich hat einen Kameraden" mit den Tränen zu kämpfen hatte, musste ich doch an all die vielen

Väter und Söhne denken, die vermisst wurden oder schon gefallen waren. Vor allem aber dachte ich an meine lieben Brüder, die sich beide an der Ostfront befanden. Wir hatten schon länger keine Post mehr bekommen und ihre Frauen auch nicht.

Ein trauriger Abschied

Bevor es dann in die großen Ferien ging, erschütterte mich die Tatsache, dass meine enge und liebste Freundin Lisa mich verlassen musste. Ihre Mutter ging mit den Kindern, also Lisa und ihr Brüderchen, nach Gifhorn zu ihren Verwandten zurück, um den sich häufenden Luftangriffen aus dem Wege zu gehen.

Wie traurig waren wir beide – Tieftraurig!

Jede schnitt sich von ihrem Haar eine Locke zum Zeichen ewiger Verbundenheit ab. In einem kleinen Kästchen überreichten wir einander diese Haarlocke. Ich malte darüber hinaus meiner Lisa noch ein Bild, das ich ihr schenkte.

Zu der Zeit lasen wir beide damals das Jugendbuch „Anja wandert in die Berge". Es handelte von einem Mädchen, das auch seine Freundin verlassen musste. So passte es genau.

Lisa besitzt noch heute meine Haarlocke. Das gemalte Bildchen ist wohl verloren gegangen. Mein Kästchen mit Lisas Andenken fiel ein Jahr später den Bomben zum Opfer.

Wie traurig, wie verlassen fühlte ich mich. Diesmal freute ich mich gar nicht auf die Sommerfrische, zumal Papa nicht mitfahren konnte, da der Betrieb aus kriegsbedingten Gründen eine Urlaubssperre verhängt hatte. So fuhr Mutti diesmal mit mir allein nach Molmeck. Papa brachte uns zum Zug. Traurig winkte er uns hinterher.

Meine Freundin Lisa, etwa 1942

Oma und die Tanten hatten meinen Eltern empfohlen, mir und Mutti auf jeden Fall einige Wochen Ruhe, ohne Fliegeralarm, gute Harzer Luft sowie fast friedensmäßige Kost angedeihen zu lassen, denn ich hatte einen Schuss in die Länge getan, war aber dabei klapperdürr.

Mutti blieb allerdings nur wenige Tage, sie hatte keine Ruhe und wollte Papa in der gefahrvollen Zeit nicht allein lassen. So gut es Oma und die Tanten auch meinten, hatte ich anfangs doch Heimweh nach meinen Eltern. Es wollte

86

bei mir keine rechte Ferienstimmung aufkommen. An Lisa und die Tatsache, dass sie nach den Ferien nicht mehr da war, mochte ich gar nicht erst denken.

Meine resolute Tante Mariechen munterte mich damit auf, dass sie mir in Aussicht stellte, endlich schwimmen zu lernen. Nach drei Wochen Üben konnte ich den Freischwimmschein in Empfang nehmen.

Alle taten ihr übriges, mir den Aufenthalt so angenehm wie möglich zu machen. Einen Tag fuhren wir auf meinen Wunsch hin noch einmal nach Wippra, um dort einen schönen Tag zu verleben und Frau Staub, der Inhaberin der Pension Waldschmidt, einen Besuch abzustatten. Sie freute sich sehr und trug liebe Grüße an meine Eltern auf – wir haben sie nie wieder gesehen!

Cousine Ilschen ließ mich öfter mal auf ihrem Fahrrad fahren, allerdings reichten meine Fußspitzen gerade eben an die Pedalen.

Dann aber trug ein Ereignis mit dazu bei, dass ich nur noch nach Hause wollte. Im Radio hörten wir von dem furchtbaren Schicksalsschlag, den Hamburg – es muss Ende Juli gewesen sein – ereilte.

Britische und amerikanische Bomber legten den größten Teil Hamburgs in Schutt und Asche. Es war der schwerste Bombenangriff, den Hamburg erlebt hatte. Über 40.000 Tote, bis zur Unkenntlichkeit verbrannt oder in den Luftschutzräumen erstickt, waren zu beklagen. Ein infernalisches Intermezzo!

Diese grausigen Nachrichten raubten mir die Ruhe, ich wäre am liebsten stehenden Fußes zurück zu meinen Eltern gefahren. Meine Verwandten hatten Mühe, mich zu beruhigen.

Seltsam, die Nähe meiner Eltern gab mir irgendwie das Gefühl des Geborgenseins und der Sicherheit. Der Gedanke, dass wir bei einem Luftangriff alle drei den Tod finden könnten, erschreckte mich nicht so sehr, als vielmehr die Vorstellung, alleine übrig zu bleiben!

Hatte ich doch inzwischen schon einige Angriffe miterlebt; Tote und Verletzte gab es immer. Ich ahnte, was auf uns noch alles zukommen könnte.

Heute, nach über 60 Jahren Frieden in Deutschland ist es für die Jugend einfach unvorstellbar und in keiner Weise nachzuvollziehen, was damals für Tragödien an der Tagesordnung waren und mit was für elementarsten Ängsten man ständig leben musste.

Gott sei gedankt, dass unseren Kindern und Enkeln das erspart geblieben ist. Aber dafür lauern und häufen sich heutzutage andere Gefahren, vielleicht nicht minder grausam. Fazit: Das Leben ist und bleibt eben ein Kampf!

Ich muss mich zur Ordnung rufen, doch meine Gedanken schweifen immer wieder zurück in diese schlimme Zeit. Es ist mir aber auch einfach wichtig, meine Gefühle und Ängste, die mich damals oft beherrschten, niederzuschreiben.

Nun kamen also meine Eltern Anfang August übers Wochenende, um mich wieder nach Hause zu holen. Der Abschied fiel uns allen schwer. Besonders Oma umarmte Papa und mich immer wieder. Auch mir war beklommen zumute.

Ja, meine liebe Oma habe ich nie wieder gesehen! Sie starb 1945 im Herbst im Alter von 84 Jahren. Zu erwähnen bliebe dazu noch, dass Papa unter ganz abenteuerlichen Umständen und nicht ohne Gefahren durch die damals russisch besetzte Zone zur Beerdigung fuhr.

Bucheckern und die Geschichte mit dem Öl

An den besonders warmen und langen Herbst 1943 kann ich mich noch erinnern. Bucheckern gab es in Hülle und Fülle! In der Tageszeitung war zu lesen, dass die Pernickelmühle für einen Zentner Bucheckern fünf Flaschen Öl abgebe.

Papa nahm sich Urlaub. Ich hatte auch Herbstferien. Nun zogen wir drei morgens mit unserem Handwagen los. Papa kannte im weiteren Umkreis der Gartlage ein Waldgebiet mit großem Buchenbestand. Dorthin führte unser Weg. Und richtig, der Waldboden war übersät mit Bucheckern!

Doch was für eine mühselige Plackerei und Bückerei hatten wir da auf uns genommen... Papa meinte: „Betrachten wir es als Sport: Es geht uns gut, das Wetter ist herrlich; die gute Luft und die Aussicht auf fünf Flaschen Öl, ist das nicht wunderbar?" Er hatte ja Recht. Gegen Abend zockelten wir die lange Strecke müde und kaputt mit unserem etwa einviertel vollen Handwagen zurück. Der Weg wollte und wollte kein Ende nehmen. Diese mühselige Plackerei hielten wir fast 14 Tage durch.

Einmal hörten wir während unserer Arbeit von weitem den Fliegeralarm. Am klarblauen Himmel sahen wir in großer Höhe die feindlichen Verbände in ihren Formationen vorüberziehen. Das hatten wir so noch nie erleben können, da wir uns sonst zu diesem Zeitpunkt immer schon im Bunker befanden. Ein schauerlicher Gedanke, wo mochten sie wohl diesmal ihre vernichtende Fracht abladen!

Am Ende dieser Strapazen konnten wir zehn Flaschen Öl in Empfang nehmen. Ganze zwei Zentner hatten wir insgesamt gesammelt.

Unsere Anmarschwege wurden in der zweiten Woche fast doppelt so weit. In einem uns noch unbekannten Waldgebiet hatten wir Glück. Außer Bucheckern gab es viele Steinpilze, die wir uns dann abends schmecken ließen. Nun fühlten wir uns reich wie Krösus! Mutti buk gleich vor Begeisterung Kartoffelpuffer. Einkellerungskartoffeln hatten wir dieses Jahr noch genügend bekommen.

„Papas Kriegsgefangene" im Betrieb, hauptsächlich Russen, (auch Frauen, eine davon sogar hochschwanger) hatten immer Hunger! Papa steckte ihnen öfters heimlich hie und da einige Butterbrote oder ein paar Äpfel zu. Natürlich musste das äußerst heimlich geschehen, deutsche Kollegen durften es nicht merken.

Jetzt kam mein Vater auf die Idee, ihnen doch einige Kartoffelpuffer mitzubringen. Also buk Mutti einen Stapel davon und Papa brachte es fertig, die Gefangenen in seiner Abteilung in den Genuss dieser Köstlichkeit zu bringen. Zu diesem Zwecke schloss er einen nach dem anderen, in Abständen über die ganze Arbeitszeit verteilt, auf der Toilette ein. Dort konnte der- oder diejenige dann in Ruhe die zugedachte Portion verspeisen. Eine sehr gefährliche Aktion! Es half ihnen zwar nicht viel, aber der gute Wille war da, denn manche Gefangenen konnten etwas deutsch und erzählten meinem Vater, dass ihre Behandlung miserabel sei.

Na, nur um der Gerechtigkeit willen, unsere deutschen Soldaten, die später in russische Gefangenschaft gerieten, hatten es mit Sicherheit schlechter. Mein armer Bruder Walter musste das leidvoll über fünf Jahre erfahren. Davon abgesehen, was sich 1945 während der Flüchtlings-Trecks ereignete, die vom Russen überrollt wurden, ist ja zu Genüge bekannt.

Um das Thema „Bucheckern-Öl" abzuschließen, muss ich noch erzählen, wie mir die letzte Flasche Öl im Keller aus den Händen gerutscht ist. Mutti hatte mir den Auftrag erteilt, diese zum Zubereiten von Bratkartoffeln hoch zu holen.

Ich traute mich überhaupt nicht mehr nach oben. Mutti fand mich – Böses ahnend – wienend auf der Kellertreppe. Kein vorwurfsvolles Wort kam über ihre Lippen. Sie meinte nur, „Ach mein Mädchen, ich selber habe Schuld, ich hätte selber gehen sollen, aber es sollte wohl so sein, es hätte mir auch passieren können!" – Das war typisch für meine liebevolle Mutti.

Traurige Zeiten

Die Kriegsweihnacht 1943 ging vorüber. Ziemlich trostlos habe ich sie in Erinnerung, zumal die schreckliche Wahrheit bekannt wurde, dass Stalingrad verloren und somit eine ganze Armee dem Untergang geweiht war.

Vierzehn Tage zuvor schon, während wir wieder einmal im Bunker den Luftalarm abwarteten, hatten wir mit ansehen müssen, wie uns Lores Mutter, sie selbst und ihr Bruder heftig schluchzend, eng zusammenkauernd, ein Bild des Jammers boten! Ihre Mutter hatte gerade, bevor der Alarm losging, die traurige Nachricht erhalten, dass ihr Mann im Kampf um Stalingrad „für Führer, Volk und Vaterland" gefallen sei.

Wie traurig war das alles! Die Mitinsassen ringsherum – wir kannten uns inzwischen schon recht gut, hatten wir doch mittlerweile unsere festen Plätze – schwiegen bedrückt, nachdem wir ihnen unser Mitgefühl ausgesprochen hatten.

Lore ging zwar weiterhin mit mir zweimal die Woche zu unseren Übungsnachmittagen, sie war jedoch seitdem sehr still und in sich gekehrt.

Die zunehmende Knappheit in allen Bereichen, die ewigen Luftalarme – und die häufiger werdenden Luftangriffe auf meine Heimatstadt –

hinterließen ihre Spuren. Die Menschen schauten sorgenvoller in die Zukunft, auch wenn das die überzeugten Nazis nicht wahrhaben wollten. Sie glaubten weiter unbeirrt an den Endsieg.

In unserem Haus gab es auch eine ganz besonders überzeugte Familie. Herr und Frau Me. trugen voller Stolz das Goldene Parteiabzeichen. Doch auch sie wurden trotz des Glaubens an den Führer vom Schicksal nicht verschont! Ich kann mich noch genau an einen Abend erinnern, an dem wir ein furchtbares Schreien und Weinen bis zu uns in die zweite Etage hörten. Es kam aus der Parterrewohnung. Einen Moment zuvor hatten wir in den Abendnachrichten von der Versenkung eines unserer U-Boote erfahren (was derzeit sehr oft geschah). Kurz darauf drang dieses durch Mark und Bein gehende Gejammer zu uns hoch.

Meine Eltern meinten gleich, „jetzt hat es Familie Me. erwischt!". Denn Eva, die einzige Tochter, die so um die zwanzig war, hatte sich im Sommer mit einem U-Boot-Offizier verlobt. Um genau dieses U-Boot handelte es sich. Mehrere Volltreffer brachten es zum Sinken, Überlebende gab es nicht. Zu dieser Tragik kam noch hinzu, dass Eva inzwischen ein Baby erwartete, was sie daraufhin ihren Eltern beichten musste. Die arme Eva, zu der Zeit hatte man noch strengere Moralbegriffe als heute.

Allerdings erinnere ich mich auch sehr gut an folgendes, was die Verbohrtheit dieser Mitbewohnerin trotz der Tragödie, die ihrer Tochter widerfuhr, dokumentieren soll:

Es muss im Januar oder Februar 1944 gewesen sein – ein harter Winter, bitterkalt. Ich stand morgens früh vor der Haustür und wollte mich auf den Weg zur Schule machen. Frau Me. kam hinzu und blieb bei mir stehen.

Den Nonnenpfad hoch kamen, wie jeden Morgen um diese Zeit, ein ganzer Trupp russischer Kriegsgefangener, darunter auch Frauen, manche von ihnen hochschwanger. Sie machten einen trostlosen Eindruck auf mich. Nur mit dem Nötigsten bekleidet, barfuss und blau gefroren schleppten sie sich sichtlich erschöpft unter strengster Bewachung die Straße hoch. Auf die, die nicht Schritt halten konnten, wurde unbarmherzig eingedroschen. Das war mir nun so noch nicht aufgefallen, obwohl ich sie schon mehrmals die Straße hatte hinauf marschieren sehen.

Da ich ganz empört mein Mitleid kundtat, klärte sie mich ziemlich erbost in folgendem Tenor auf: „Das sind doch sowieso keine Menschen, der Führer sagt, es sind Unmenschen, und der weiß das, die fühlen sowieso keinen Schmerz." Übrigens seien es doch unsere Feinde! Dann drohte sie mit dem Finger und meinte noch, halte ja deinen vorlauten Mund.

Ich setzte mich eingeschüchtert in Bewegung und überlegte unterwegs zur Schule, hoffentlich habe ich hier keinen Fehler gemacht und zuviel gesagt, da meine Eltern mich doch immer davor gewarnt hatten. Doch Gott sei Dank kam nichts nach.

Übrigens verloren wir diese Familie nach unserer Ausbombung aus den Augen. Sie hatten in einem anderen Stadtteil eine Unterkunft bekommen.

Meine Brüder – und Maykop

Jetzt muss ich noch einmal auf das Jahr 1943 zurückkommen. Ich möchte von meinen Brüdern, Walter und Franz, berichten.

Walter befand sich zu der Zeit im „Brückenkopf Maykop" im Kaukasus und Franz im Süden, in Minsk. Sie wussten aber beide nichts voneinander. Franz erzählte uns während eines Heimaturlaubs im Herbst 1944 diese unglaubliche Geschichte.

Man stelle sich vor, in den Weiten Russlands laufen sich zufällig zwei Brüder über den Weg, obwohl der eine vom anderen nicht weiß, wo er sich aufhält! Das Ganze kam so: Walter befand sich mit seiner Einheit schon seit geraumer Zeit in Maykop.

Franz, als Luftwaffenangehöriger in Minsk beim Bodenpersonal tätig, begleitete seinen Chef auf einem Flug nach Maykop.

Zwei oder drei Tage konnte er dort nun über seine Zeit frei verfügen. Bei einem Ausgang trifft er, als wäre es das Normalste auf der Welt, auf der Straße Walter, der sich auf dem Weg ins Offizierskasino befand. Beide konnten es nicht glauben, als sie sich plötzlich gegenüber standen! Natürlich feierten sie dann ihr Wiedersehen ordentlich. Walters Kameraden nahmen an diesem ungewöhnlichen Zufall regen Anteil.

Walter soll dann im Laufe der Gespräche im vertraulichen Kreis erwähnt haben, dass der Rückzug bevorstehe, um den Russen, die sich in der Gegen-Offensive auf dem Vormarsch befänden, nicht in die Hände zu fallen. Er, Franz, solle ebenfalls sehen, dass er heil aus dem Schlamassel herauskomme. Der Nachschub mit Versorgungsgütern gestalte sich an allen Fronten immer schwieriger – und der Krieg sei kaum noch zu gewinnen. Man munkelt, die Kameraden in Stalingrad seien schon von den Linien abgeschnitten (das sollte sich leider alles bewahrheiten).

Franz flog mit seinem Vorgesetzten wieder zurück nach Minsk. Er erzählte ihm von seinem Bruder, den er in Maykop zufällig wieder getroffen habe, was sehr beeindruckt vernommen wurde. Darüber, was er sonst noch erfahren hatte, schwieg er natürlich! Es hätte gefährlich für ihn und Walter sein können.

Tragischerweise geriet Walter beim Rückzug aus Maykop in Gefangenschaft. Er galt lange Zeit als vermisst. Erst 1948 kehrte er als Spätheimkehrer zu seiner Familie zurück, in das noch total zerstörte Berlin. Walters Schicksal ist ein düsteres Kapitel für sich, darauf komme ich später in meinen Erinnerungen zurück. Franz hatte mehr Glück, er ist zeitig genug aus Minsk herausgekommen.

Franz erzählte uns damals noch etwas Furchtbares, womit er und ein Teil seiner Kameraden
in Minsk konfrontiert wurden. Ihre Unterkunft
befand sich in einer ehemaligen Radiofabrik. Sie
konnten beobachten, wie Minsker Juden, die
dort tagsüber in Arbeitsgruppen eingeteilt waren, von SS-Leuten brutal zusammengetrieben
wurden. Auf Lastwagen wie Vieh zusammen-
gepfercht, transportierte man sie aus der Stadt.
Es wurde gemunkelt, dass sie vor der Stadt
einfach in den Wäldern erschossen und ver-
scharrt wurden. Diese Gräueltaten kamen dann
ja auch nach Kriegsende an die Öffentlichkeit.
Aber genug davon! Zurück zum Jahre 1944, das
Jahr, das für meine Eltern und mich alles ver-
ändern sollte.

Neue Freundinnen

Inzwischen war es Frühling geworden, den man nach dem harten langen Winter trotz Krieg, Alarm und Entbehrungen – so gut es ging – genießen wollte. Die wenigen noch intakten Kinos wurden von den Osnabrückern gerne aufgesucht. Gab es einen schönen, lustigen Film, ging Mutti mit mir dort hin. Oft verabredete ich mich auch mit Klassenkameradinnen oder Freundinnen.

Mit zwei sehr netten Mädchen schloss ich näher Freundschaft. Ilse Weisler wohnte zwar in einem anderen Stadtbezirk, und wir hatten mindestens eine halbe Stunde stramm zu gehen, um uns gegenseitig zu besuchen. Doch das machte uns nichts aus! Leider verloren wir uns infolge der Schulschließung und Ausbombung bis Kriegsende aus den Augen, doch danach fanden wir uns wieder. Es sollte, nebenbei bemerkt, eine sehr gute und intensive Freundschaft werden, die bis auf den heutigen Tag anhält.

Eine andere Schulfreundin, Ursula Hamann, wohnte an der Knollstraße, nicht weit vom Nonnenpfad entfernt. Zu ihr hatte ich ebenfalls einen recht guten Draht. Ursula, genannt „Ulla", faszinierte mich insofern, dass sie noch über vier weitere Schwestern verfügte; sie war die Zweitälteste. Familie Hamann bewohnte eine sehr geräumige Wohnung – musste sie ja wohl auch bei der Anzahl der Familienmitglieder. Ich als Einzelkind, als solches fühlte ich mich eigentlich, da meine Brüder für mich eher Respektspersonen denn Brüder darstellten, fand diese Großfamilie höchst interessant.

Was für eine fröhliche Atmosphäre herrschte dort, trotz des großen Haushaltes gab es nirgendwo Chaos! Jedes Kind schien seine bestimmte Aufgabe zu haben, der fröhlich und ohne Murren nachgekommen wurde. Der große Obst- und Gemüsegarten, zwei Ställe mit Kaninchen und sogar eine kleine Hühnerschar trugen zur Versorgung der Familie bei.

Ulla und ich zogen oft los, auf die nahen Wiesen in und am Bürgerpark, um Löwenzahn und andere Kräuter zu sammeln.

Frau Hamann gab mir manches Mal Gemüse oder Obst mit nach Hause, das wir überaus dankbar annahmen. Die Familie Hamann gehörte dem katholischen Glauben an. Das tat der Freundschaft aber keinen Abbruch. Im Gegenteil, ich wurde sogar, als Ursulas Schwester Firmung feierte, zu dieser Familienfeier eingeladen.

Das erste Mal in meinem Leben nahm ich nun an einer feierlichen Messe, also einem katholischen Gottesdienst teil, die im Dom St. Petrus – zu diesem Zeitpunkt noch unversehrt – stattfand.

Mutti und ich kannten zwar das eindrucksvolle Innere des Domes schon. In jeder Weihnachtszeit ließen wir es uns nicht nehmen, die sehr wertvolle und wunderschöne Krippe zu bewundern. Die ausdrucksstarken Figuren in Lebensgröße übten auf uns jedes Mal einen anrührenden Zauber aus.

Nach der beeindruckenden Feier gab es zuhause bei Hamanns ein Mittagessen fast wie in Friedenszeiten. Ich ließ es mir schmecken, ebenso später zur Kaffeetafel den herrlichen von Frau Hamann gebackenen Kuchen. Abends zum Abschied bekam ich noch ein großes Kuchenpaket mit auf den Weg. So war Frau Hamann, eine überaus liebevolle und gütige Frau!

An die Zeit mit Ulla und ihre unkomplizierte Fröhlichkeit erinnere ich mich sehr gerne. Die Zeit mit ihr gehörte mit zu den guten Erinnerungen in meinem Leben. Nach dem Kriege verloren wir uns irgendwie aus den Augen. Mich forderte der Beruf und so viele Einflüsse strömten auf mich ein. Ulla lernte sehr früh ihren Mann kennen und konnte später selbst auch eine große Kinderschar ihr eigen nennen.

Inzwischen hatten fast alle Schulen bei den Bombenangriffen ihren Teil abbekommen. Irgendwann im Sommer 1944, ich glaube, es war nach den großen Ferien, hieß es: „Der Schulbetrieb in Osnabrück ist nicht aufrecht zu erhalten". Alle Schulen wurden geschlossen, es gab keinen Unterricht mehr.

Unser wundervolles Barock-Schloss, erbaut 1668, hatte ebenfalls großen Schaden erlitten. Die beliebten Musikübungsnachmittage wurden eingestellt und die SS musste sich eine andere Bleibe suchen.

Ich erinnere mich auch noch an den Tag, an dem die Sondermeldung von dem missglückten Attentat auf Hitler durchs Radio kam, am 20. Juli 1944. Dazu nur der kurze Kommentar meines Vaters zu meiner Mutti: „Schade, dass es nicht geklappt hat!"

Ich wusste, wie ich mich dazu verhalten musste.

Muttis Verwandtschaft

Trotz Papas anderer Gesinnung, die natürlich bekannt war, aber Muttis wegen geduldet wurde, fanden regelmäßige Besuche zwischen der Verwandtschaft mütterlicherseits, also Tante Emmy, Onkel Erich, Cousine Erika und uns statt. Auch besuchte Mutti mit mir regelmäßig die Gretescher. So kam z. B. Tante Grete öfters allein mit dem Zug, um sich bei Mutti ihr Herz auszuschütten. Von Tante Grete werde ich ausführlich erzählen, ihr Schicksal hat mich immer tief bewegt.

Dem Opa ging es gesundheitlich nicht so gut. Ich weiß noch, dass Mutti und ich ab und zu nach Burg Gretesch fuhren, um ihn etwas aufzumuntern. Die Oma fand ich, gelinde gesagt, sehr gewöhnungsbedürftig. Was für ein himmelweiter Unterschied zu meiner liebevollen Oma in Molmeck, zu der ich immer ein besonderes Verhältnis hatte.

Die unnahbare, unterkühlte Art der Gretescher Oma ließ die ganzen Jahre von meiner Seite aus kein Vertrauen aufkommen. Es fiel mir immer wieder auf, wie lieblos sie sich Tante Grete gegenüber verhielt. Dabei hatte ich gerade Tante Grete besonders in mein Herz geschlossen. Sie sah meiner lieben Mutti sehr ähnlich und strahlte trotz der unfreundlichen Behandlung, die ihr seitens Oma zuteil wurde, eine innere Ruhe und

Fröhlichkeit aus, die mich immer wieder in Erstaunen versetzte.

Omas oft schlechte Laune und Ungerechtigkeiten ertrug sie mit stoischer Ruhe. Wahrscheinlich hatte sie im Laufe ihres Lebens eine Art Schutzmauer um sich herum aufgebaut, an der das ewige Gemeckere abprallte.

Je älter ich wurde, desto mehr konnte ich das alles nicht mehr einordnen. Oft fragte ich Mutti, warum Oma Tante Grete so schlecht behandle – und warum der Opa da nicht eingreife. Ich bekam aber nur eine ausweichende Antwort. Allerdings fiel mir damals bei unseren Besuchen auch auf: In Gegenwart von Opa zügelte Oma ihre Verhaltensweise. Wahrscheinlich hat er die Ungerechtigkeiten nie so massiv mitbekommen – oder er wollte es nicht wahrhaben.

Eines Tages, als mir das alles wieder einmal auf die Nerven ging, erzählte mir Mutti schließlich ihre Lebensgeschichte und damit verknüpft die ihrer Geschwister. Ich zählte inzwischen dreizehn Lenze und war ihrer Meinung nach ein verständiges Mädchen. Was sie mir nun erzählte, erschütterte mich zutiefst:

Man schrieb den 1. August 1914, der Beginn des ersten Weltkrieges. Mutti, zu diesem Zeitpunkt 17 Jahre alt, befand sich im dritten Lehrjahr, sie lernte im Hotel Hohenzollern Köchin. Da die Niederkunft ihrer Mutter bevorstand, hatte sie ein paar Tage freibekommen. Sie musste sich um die jüngeren Geschwister und den Haushalt kümmern.

Wie Mutti mir weiter erzählte, überschlugen sich nun die Ereignisse. Bei ihrer Mutter setzten heftige Wehen ein. Die eilig herbeigerufene Hebamme holte das Baby, aber es folgten starke Blutungen, die nicht zum Stillstand kommen wollten. Ein Arzt, der schnell hätte helfen können, war aufgrund der allgemeinen Mobilmachung und des damit verbundenen Chaos nicht zu finden. Als endlich ein Arzt aus Osnabrück eintraf, war es zu spät.

Meine Mutti hat mit ansehen müssen, wie trotz aller Bemühungen der Hebamme ihre arme Mutter immer schwächer wurde und dann für immer die Augen schloss. Sie war einfach verblutet, ein grausames Schicksal.

Jetzt stand ihr Vater plötzlich alleine da, völlig hilflos und verzweifelt, mit vier Kindern: Onkel Friedel, zu dem Zeitpunkt fünf Jahre alt, Tante Emmy zwölf, meine Mutti und das gerade eben Geborene. Er hatte den Einberufungsbefehl auf dem Tisch. Alle standen unter schwerem Schock.

Mutti erzählte weiter, sie wisse noch, dass für den Säugling, ihr armes kleines Schwesterchen, erst einmal Milch besorgt werden musste. In der näheren Nachbarschaft stillte eine Frau auch ein Kind. Sie hatte genug Milch, so dass das arme Würmchen zunächst versorgt war.

Drei Tage später fand die Beerdigung auf dem Hase-Friedhof zu Osnabrück statt, denn Burg Gretesch hatte keinen Friedhof. Der lange Trauerzug musste bei großer Hitze den weiten Weg nach Osnabrück zu Fuß zurücklegen.

Als meine Mutti 1982 starb, fand ich in ihrem Nachlass noch die damalige Traueranzeige ihres Vaters. Ich hab sie heute noch.

Muttis Vater musste gleich nach der Beerdigung in den Krieg. Da stand meine Mutti nun allein mit ihren Geschwistern, ihrer Trauer und dem ganzen Elend. Zwar haben sich Nachbarn und herbeigerufene Verwandte notdürftig um das Baby und die Geschwister gekümmert, aber auch nur für begrenzte Zeit.

Eine Cousine ihres Vaters bemühte sich um eine neue Frau für ihren Vater. Etwa ein halbes Jahr später während eines Heimaturlaubs heiratete Muttis Vater ziemlich übereilt die neue Frau, was meine Mutti und ihre Geschwister überhaupt nicht begreifen konnten. Aber sie wurden sowieso nicht gefragt, es gab wohl keine andere Lösung. Mutti wollte natürlich ihre Lehre beenden und überließ schweren Herzens Gretchen und ihre anderen Geschwister der noch fremden Frau.

Weiter erfuhr ich, dass ihre Geschwister es nicht gut mit der neuen Mutter getroffen hatten.

Es war ja alles auch zu schnell geschehen. Diese neue Frau, so erzählte man sich, hatte es hauptsächlich als „spätes Mädchen" auf eine gute und sichere Partie abgesehen. Und eine gute und sichere Stelle hatte der Opa bei der Firma Papier Schöller wohl schon.

Um dieses Thema zu Ende zu bringen: Es entwickelte sich sowohl auf Seiten der Kinder als auch auf Seiten der neuen Mutter in der Folgezeit eher ein unterkühltes Verhältnis. Sie führte ein strenges Regiment – und die Wörter „Liebe" und „Zärtlichkeit" müssen für sie wohl Fremdwörter gewesen sein!

Muttis Geschwister flüchteten bis auf Tante Grete frühzeitig aus dem Haus, als sie heranwuchsen. Tante Emmy erlernte damals einen kaufmännischen Beruf, und Onkel Friedel konnte sogar studieren, um später ebenfalls bei der Firma Schöller tätig zu werden.

Tante Emmy heiratete sehr früh. Mutti hatte nach der Lehre ihre überaus gute Stelle in Holland antreten können, der sie lange Jahre treu bleiben sollte. Warum Tante Grete jedoch keinen Beruf erlernte und nur als „Haustochter" – besseres Dienstmädchen für Oma – fungierte, habe ich nie so recht verstehen können.

Abschließend nur noch so viel: als der Opa 1945 ein paar Tage vor der Kapitulation starb, verließ Tante Grete einige Tage später das elterliche Haus – und somit Oma. Sie wohnte abwechselnd bei uns und bei Tante Emmy, bis sie eine Stelle als Haushälterin fand, bald einen netten Mann kennen lernte und heiratete. Das sprach für sich! Traurigerweise erkrankte sie später an Krebs und musste als jüngstes der Geschwister als erste sterben. Ihr Leben hatte wahrlich unter keinem guten Stern gestanden.

Um auf meine Mutti zurückzukommen: Dieses Trauma, dass ihr als junges Mädchen widerfuhr, hat natürlich ihren Charakter und ihr Wesen, geprägt. Ihre tiefe Liebe und Güte, die ich immer erfahren durfte, führe ich auch zum Teil darauf zurück, dass sie selbst erfahren musste, wie es ist, so früh die Mutter zu verlieren. Wenn sie Episoden aus ihrer Kindheit zum Besten gab, schwang immer noch ihre Liebe und Trauer zu ihrer „lieben Mama" mit – so nannte sie ihre Mutter.

Es machte Mutti und Tante Emmy immer wieder traurig und zornig, wie ihre jüngste Schwester so ganz ohne Liebe aufwachsen musste. Onkel Friedel wurde wohl von der neuen Mutter damals akzeptiert, ihn soll sie besser behandelt haben. Wenigstens behauptete Tante Emmy das.

Ich muss hier auch vor allem – wo mir diese Zeiten vor Augen stehen – noch einmal von meiner Mutti sprechen. Als Heranwachsende und auch später bis hin zu ihrem Tode konnte ich immer wieder erfahren, was für eine grundgütige und kluge Frau sie war. Hatte ich als junges Mädchen Probleme mit meinem Vater, so sorgte sie mit ihrer Diplomatie und Güte immer wieder für Frieden. Und sie stand mir so manches Mal zur Seite, wenn Papa mir mit seiner etwas strengen Sicht zu schaffen machte.

Konfirmandenstunden

Die Schulen hatten also ihren Unterricht aufgeben müssen. Ich ging aber seit Ostern zum Konfirmandenunterricht. Der fand nämlich noch statt, und zwar im Gemeindehaus in der Marienstraße in der Altstadt, zu diesem Zeitpunkt noch nicht zerstört.

Angrenzend an das Gemeindehaus befand sich das sehr schöne, im Fachwerkstil erbaute alte Haus mit Garten, in dem unser Pfarrer, Herr Superintendent Bühning, etwa im Alter meines Vaters, mit seiner Familie wohnte. Er war mir sehr sympathisch. Den Konfirmandenunterricht gestaltete er in seiner humorvollen Art recht locker. Sein Dialekt verriet uns seine ostfriesische Herkunft. Sprach er eins der Mädchen direkt an, so titulierte er es oft mit: "mien Deern"! Das empfanden wir als recht vertrauensvoll.

Neu war für uns allerdings, dass wir das erste Mal „mit dem angehenden männlichen Geschlecht" konfrontiert wurden. An die Jungen mussten wir uns erst einmal gewöhnen. Aber wie gesagt, ich freute mich jedes Mal auf den Konfirmandenunterricht. Jedoch sollte das im September ein trauriges Ende nehmen, da es dann den schwersten Angriff gab, den wir bis dahin erlebt hatten. Doch davon später!

Lore Wieberneit war bei den Konfirmandenstunden mit von der Partie. Auf Lore, sie war nun mal ein sehr apartes Mädchen, hatte ein hoch aufgeschossener blonder Knabe ein Auge geworfen. Kurt hieß er.

Wir befanden uns schließlich jetzt in einem Alter, wo man „das andere Geschlecht" schon ganz interessant fand! Auch ich wurde von einem Knaben namens Hans verehrt. Er wohnte in der Hase-Straße. Da Lore und ich, um in die Marienstraße zu gelangen, die Hase-Straße passieren mussten, passte er uns meist ab und schloss sich uns auf unserem Wege an.

Hans, der Nachname will mir nicht mehr einfallen, ein gut aussehender und mir durchaus sympathischer Junge, begleitete mich oft nach dem Unterricht bis zur Hasetor-Brücke. Lore wurde ebenfalls von Kurt ein Stück nach Hause gebracht. Diese für mich inzwischen aber doch als etwas anstrengend, um nicht zu sagen lästig empfundene Episode fand durch den besagten Bombenangriff ein Ende.

Unkraut jäten

Ende August erhielten meine Eltern ein amtliches Schreiben. Es betraf mich! Ich hätte mich infolge allgemeinen Personalmangels als Arbeitshilfe in einem Gartenbetrieb einzufinden, eine Art Dienstverpflichtung aller BDM-Mädchen. Da konnte man nichts machen. Papa meinte nur: „Arbeit hat noch keinem geschadet."

Am 1. September sollte ich dort anfangen. Der Gartenbaubetrieb (der Name ist mir entfallen) befand sich oberhalb der Buerschen-Straße, eigentlich parallel dazu (heute befinden sich dort Hochhäuser mit dazu gehörigen Gärten). Auf der gleichen Höhe gab es eine lange Holzbrücke, die über die Gleise am Hauptbahnhof führte. Diese Brücke, unter der die Züge, aus dem Ruhrgebiet und aus dem Norden kommend, hindurch donnerten, war seltsamerweise bis jetzt von Bomben verschont geblieben.

So erschien ich am 1. September, zusammen mit anderen Mädchen und auch Jungen, auf meiner ersten Arbeitsstelle. Man gab uns eine Hacke in die Hand und zeigte uns, wie und wo man zu hacken habe. Eine geringe Entlohnung für die Arbeit sollten wir bekommen.

Zwischen langen Reihen Kohlpflanzen (genau weiß ich es nicht mehr) mussten wir Unkraut ziehen und in bereitgestellte Körbe werfen. Die

Sonne brannte vom Himmel und die ungewohnte Bückerei machte mir ganz schön zu schaffen – und nicht nur mir.

Freundlicherweise bot man uns etwas zu trinken an. Gott sei Dank konnten wir am frühen Nachmittag wieder nach Hause gehen und am nächsten Tag sorgte Mutti entsprechend vor.

Das wiederholte sich nun Tag für Tag. Eigentlich hatten wir nur Unkraut zu jäten. Für die anderen Arbeiten, beispielsweise schöne reife Tomaten und Gurken ernten, kam nur das Stammpersonal in Frage, meist Frauen in Muttis Alter. Bei Fliegeralarm rannten wir in den nahen Luftschutzbunker am Bahnhof. Schon bald waren wir diese Plackerei leid.

Der Tag, der alles verändern sollte

Nun kam der 13. September heran. Wir durften an diesem Tag das erste Mal Salatköpfe vom Strunk schneiden und in dafür bereitgestellte Kisten packen. Das machte uns mehr Spaß! Mittags konnten wir früher gehen, und ich freute mich schon auf die Stachelbeertorte, die Mutti gebacken hatte, denn zwei Tage zuvor hatte mir Frau Hamann zwei Glas Stachelbeeren mit nach Hause gegeben.

So saßen wir nun gemütlich auf dem Balkon. Ich futterte meine Stachelbeertorte, nicht ahnend, dass wir das letzte Mal auf unserem Balkon sitzen sollten.

Einen Tag zuvor, am 12. September, hatte es einen Großangriff auf Münster gegeben. Papa meinte abends, als wir es im Radio erfuhren: „Hoffentlich sind wir morgen nicht dran!"

Mutti kam mir ziemlich unruhig vor, aber ich dachte nicht weiter darüber nach. Sie hatte gerade die Stachelbeertorte abgedeckt und in die Speisekammer gestellt, da schrillten die Sirenen los! Gleich Vollalarm! Ungewöhnlich früh diesmal, es ging erst auf 17 Uhr zu.

Wir schnappten unsere sieben Sachen, zogen vorsichtshalber noch eine Jacke über und machten uns auf den Weg. Auf halber Strecke war schon das bekannte Geräusch herannahender Bomberverbände zu hören. Wir fingen an zu laufen und erreichten in letzter Sekunde den Stollen.

Es dauerte noch einige Minuten, die Luftschutzwarte hatten gerade nach den letzten Passanten die dicken Eisentüren geschlossen, da ging's los! In unserem Felsenstollen vernahmen wir diesmal ein andauerndes Dröhnen, und man konnte genau erkennen, wann wieder eine neue Welle über uns hernieder ging. Das Licht flackerte, um dann ganz aus zu gehen. Es wurden Kerzen angezündet. Papa hatte uns inzwischen auch erreicht, er war von einem anderen Eingang zu uns gestoßen. Den Stollen konnte man durch drei Eingänge erreichen, einen Eingang gab es direkt vom Werk aus.

Eine bedrückende Stille breitete sich in den Gängen aus, nur das leise Weinen der Kleinkinder war zu hören. Wir alle beteten im Stillen, dass es bald vorüber sein möge.

Fast drei Stunden, immer wieder in neuen Wellen, dauerte es, bis dieses schreckliche Dröhnen ein Ende nahm. Was mochte uns draußen erwarten? - Wir befürchteten das Schlimmste. Das sollte sich auch bewahrheiten!

Als sich die schweren Eisentore öffneten und wir voll böser Ahnung nach draußen drängten, bot sich uns ein Bild des Grauens.

Es ging auf 20 Uhr zu, eine Uhrzeit, zu der es um diese Jahreszeit normalerweise schon dunkel war, jetzt aber umfing uns ein eigenartiges Licht, irgendwie unheimlich. Ein fürchterliches Rauschen und Knistern lag in der Luft. Wir kamen auf den höher gelegenen Weg, von dem man sonst einen umfassenden Panoramablick über die ganze Stadt hat – auf den Bänken, die dort standen, hatten wir oft und gern gesessen, um den schönen Blick über die Stadt zu genießen.

Jetzt bot sich uns ein derart schauerliches Bild; wir und die anderen Leute aus dem Bunker blieben entsetzt stehen – so etwas hatten wir uns nun doch nicht vorstellen können, wobei es die Erwachsenen bei dem lang anhaltenden Bombardement geahnt hatten.

Die Stadt zeigte sich uns in einem einzigen Flammenmeer!

Aus den Türmen der Marienkirche, des Domes, der Katharinenkirche und aus allen anderen hohen Gebäuden loderten die Flammen. Das vernichtende Bild, wie ein Kirchturm nach dem anderen langsam in sich zusammensackte oder sich zur Seite neigte, steht mir noch heute, wo ich dieses niederschreibe, so deutlich vor Augen, als sei es gerade eben passiert. Wir alle standen wie festgenagelt da, Schluchzen und Weinen war zu hören – besonders Kleinkinder, die die Verstörtheit ihrer Mütter spürten, fingen an zu weinen.

Wir näherten uns den Treppen, die wir vor einigen Stunden noch in großer Hast hochgestiegen waren - und gingen voll böser Ahnung den Gertrudenberg hinunter. Der Staub- und Brandgeruch wurde immer stärker. Bekannte aus der Gertrudenstraße kamen uns entgegen und sagten schon: „Euch hat's erwischt!"

Dann standen wir vor unserem Haus Nr. 8. Es war nur noch ein Trümmerhaufen. Uns gegenüber auf der anderen Straßenseite hatte es ebenfalls mehrere Häuser getroffen. Doch Nonnenpfad Nr. 10, Nr. 6 und Nr. 4 standen noch unversehrt da.

Was sich in der Stadt abspielte, konnten wir nur ahnen, das war mir in dem Moment aber auch egal. Mutti und Papa standen schweigend, wie erstarrt, mich an der Hand haltend.

Eine Frau aus dem Nachbarhaus Nr. 10 sprach auf Mutti ein – keine Reaktion! Auch unsere Mitbewohner fassungslos um uns herum! Ich drehte plötzlich durch, fing laut an zu weinen und rief immer wieder: „Ich hab kein Bett mehr"! Völlig unsinnig, aber der Schock zeigte nun seine Wirkung.

Was dann mit uns geschah, habe ich nur noch bruchstückhaft in Erinnerung. Irgendwann sind wir einfach mit unseren Habseligkeiten zum Stollen zurückgegangen. Das war ja nun alles, was wir noch hatten; wir verbrachten dort die Nacht, ich weiß nicht wie.

Rote-Kreuz-Schwestern tauchten auf. Wir bekamen etwas zu essen und zu trinken sowie Decken, womit wir uns vor der zunehmenden Kälte auf unseren Bänken etwas schützen konnten. Wir waren nicht die einzigen. Leute aus der Stadt, die inzwischen immer mehr hereinströmten, alles Menschen, die das gleiche Schicksal mit uns teilten, suchten sich einen Platz und warteten auf den Morgen. Ganz früh verließen wir den Stollen, um irgendwie zu sehen, wie es weiterging.

Ein fahler Morgen dämmerte heran, dicke Rauchwolken lagen über der Stadt. In der Altstadt schien es noch immer zu brennen, das konnten wir von der Anhöhe aus erkennen.

Man hatte uns im Bunker empfohlen, erst einmal zu versuchen, bei etwaigen Verwandten für einige Tage unterzukommen. Für eine neue Unterkunft würde so bald wie möglich gesorgt werden. Mutti hatte dem Papa in der Nacht schon zugeredet, sich irgendwie zur Martinistraße durchzuschlagen – dort wohnte Tante Emmy und Familie – in der Hoffnung, dass ihr Haus noch stand und sie alles heil überstanden hatten. So gingen wir los.

Allerdings mussten wir große Umwege machen. Der Weg, den wir sonst immer nahmen, nämlich quer durch die Altstadt, am

Ledenhof vorbei, war nirgendwo passierbar. Überall gab es entweder noch brennende Häuser oder Trümmer, die die Straße blockierten. Nach langen Irrwegen bogen wir dann, vom Wall kommend, in die Martinistraße ein. Gott sei gedankt: Das Haus stand noch unversehrt! Unsere Verwandten hatten sich schon Sorgen gemacht und nahmen uns glücklich in die Arme.

Wir konnten uns, nachdem wir ihnen alles berichtet hatten, erstmal notdürftig frisch machen, und Tante Emmy kochte einen starken Bohnenkaffee für meine Eltern. Den opferte sie aus ihrem Restbestand, der von der letzten Zuteilung übrig war; sonst gab's ja nur noch „Muckefuck". Aber das war jetzt alles nicht so wichtig. Sie boten uns an, die nächsten Tage erst einmal bei ihnen zu schlafen, man würde eben zusammenrücken.

Irgendwann kamen Opa und Oma in Gretesch ins Gespräch. Die hatten ja ein großes Haus und reichlich Platz. Mutti, ganz euphorisch, meinte: „Vater hilft uns bestimmt, vielleicht können wir sogar, wenn wir erst wieder eine Wohnung haben, von ihren Möbeln einiges bekommen?" Tante Emmy sagte dazu nur: „Das glaubst du doch wohl selber nicht!"

Wir hatten keine Ruhe und verabschiedeten uns von unseren Verwandten, um zu versuchen, irgendwie nach Burg Gretesch durchzukommen. Trotz der Ahnung, dass der Bahnhof wohl auch in Trümmern liegen könne, versuchten wir es doch, bis dort durchzukommen. Wieder mussten wir riesige Umwege in Kauf nehmen, die Johannisstraße runter, am Marienhospital vorbei zum Pottgraben. Es sah grausig aus, überall nur noch rauchende Trümmer.

Am Pottgraben war man dabei, lange Reihen Toter mit Planen zu bedecken. Überlebende versuchten, ihre Angehörigen zu identifizieren. Dieser erschütternde Anblick machte uns erst so richtig bewusst, wie glücklich wir uns trotz allem noch schätzen konnten. Wir lebten schließlich noch!

Am Bahnhof angekommen, mussten wir feststellen, dass natürlich keine Züge mehr fuhren. Das hätten wir uns auch vorher denken können, aber wir konnten nicht mehr denken, so erschöpft waren wir. Jetzt wollten wir über die zuvor erwähnte Holzbrücke weiter zur Buerschen-Straße, um von dort in Richtung Schinkel nach Gretesch zu gelangen. Aber auch das schlug fehl. Die Holzbrücke gab es nicht mehr, ebenfalls besagte Gärtnerei – tiefe Trichter nur noch überall. Irgendwie, ich weiß nicht mehr wie, befanden wir uns dann endlich auf der Landstraße nach Burg Gretesch.

Total erschöpft standen wir nach S t u n d e n endlich vor Muttis Elternhaus. Dort wurden wir von Oma mehr als verhalten empfangen. Sie machte ein ziemlich säuerliches Gesicht und bot uns kaum einen Stuhl an.

Inzwischen war es Nachmittag geworden, fast genau die Uhrzeit, als den Tag zuvor der Alarm losging – was für Welten lagen dazwischen!

Opa kam nach Hause. Er begrüßte uns ganz erschüttert. Meine Eltern berichteten von der Zerstörung unserer Stadt und dem Schicksal, das uns nun getroffen hatte.

Aber was nun? Wo sollten wir hin? Die Hoffnung meiner Mutti, ihr Vater würde ihr vielleicht anbieten, dass sie mit mir vorerst bei ihnen wohnen könne, während sich mein Vater um eine andere Unterkunft bemühen würde, erfüllte sich nicht. Allerdings boten Opa und Oma meinen Eltern an, ich solle solange, bis wir wieder eine Wohnung hätten und sich alles etwas normalisiere, bei ihnen wohnen bleiben. Ich könne in einem der Gästezimmer schlafen. Das Angebot nahmen meine Eltern erleichtert an. Mich mussten sie aber erst davon überzeugen, dass es so am besten sei.

Opa ließ sich inzwischen von meinem Vater Genaueres von der Zerstörung in der Stadt erzählen. Man hatte sich schon Schreckliches gedacht, denn das Bombardement war weithin zu hören gewesen und der rote flackernde Himmel tat sein übriges!

Schweren Herzens musste ich meine Eltern am nächsten Morgen mit ihren Habseligkeiten wieder ziehen lassen. Mutti merkte ich wohl ihre Enttäuschung an, dass ihr Vater (von der Stiefmutter hatte sie sich nichts erwartet) ihr für die Zukunft keine Hilfe anbot.

Nun kam meine Erschöpfung erst richtig zum Tragen. Ich dachte nicht mehr groß über die Zukunft nach, betete zum Herrgott, dass er meine Eltern beschützen möge – und schlief und schlief!

Nachdem ich mich wieder etwas erholt hatte, dachte ich an meine Eltern. Wie mochte es ihnen gehen? Wann würden sie mich wieder abholen? Was mochte aus meinen Schulfreundinnen, die mir vertraut waren, was aus der Marienstraße, was aus Superintendent Bühning, seiner Familie und meinen Mitkonfirmanden geworden sein? Lebten sie überhaupt noch? Das ging mir alles nicht aus dem Kopf. Der Verlust unserer Wohnung, meine Sachen, alles, was mir lieb und teuer war, alles war weg, meine Welt lag in Trümmern! Und meine armen Frösche auf dem Balkon, sicher waren sie tot!

Erst hatte ich vor Erschöpfung zwei Tage und zwei Nächte nur geschlafen, jetzt lag ich nächtelang wach, hörte angstvoll, ob in der Ferne wohl die Sirenen losgingen, ob das ganze Szenario vielleicht wieder los ging!

Auch wurde mir bewusst, dass ich ja außer einmal Wäsche zum Wechseln und das, was ich anhatte, nichts mehr besaß. Oma sorgte dann aber doch die nächsten Tage dafür, dass ich auf Bezugsschein notdürftig eingekleidet wurde. Das fand ich nett von ihr. Ganz langsam lebte ich mich im Gretescher Haus ein.

Gretescher Impressionen

Es gab genug zu tun. Ich war gern bereit zu helfen, wo ich konnte. Nachdem mir Oma gezeigt hatte, wie und wo ich Staub putzen könne, durfte ich in allen Zimmern dieser mehr oder weniger langweiligen Arbeit nachgehen – ob ich allerdings Gnade vor Omas Augen fand, würde sich erst noch zeigen.

Das Staubputzen im Wohnzimmer und Wintergarten, im Herrenzimmer und in den Zimmern der oberen Etage entpuppte sich insofern als Highlight, als ich in aller Ruhe die vielen Bücher in den Regalen und im Bücherschrank ansehen konnte. Sie ließen mein Herz höher schlagen. Was für Schätze hatte ich da vor Augen!

Zu der Zeit las ich schon leidenschaftlich gern. Bis dato hatte ich allerdings meinem Alter entsprechend Jugendbücher gelesen – Nun vergaß ich übers Lesen fast das Staubputzen.

Von Robinson Crusoe hatte ich schon gehört, jetzt hielt ich dieses Exemplar in Händen. Abends im Bett fesselte mich der Stoff ungemein, und ich las und las. In der Folgezeit sollte Lesen meine Lieblingsbeschäftigung sein. Opa fand das sehr gut und gab mir Tipps, was mich interessieren könnte. Die vollständige Ausgabe von Karl May stand in seinem Bücherschrank, aber natürlich auch Klassiker, z. B.

Goethe, Schiller, Herder, Fontane – damals noch gewöhnungsbedürftig für mich.

Opa empfahl mir weitere Lektüre, wie z. B. „Ben Hur“, „Die letzten Tage von Pompeji“ oder „Onkel Toms Hütte“. Ich verschlang sie förmlich!

Irgendwann hielt ich zwei Bände in meinen Händen, und zwar „Ein Kampf um Rom“ von Felix Dahn und „Der Graf von Monte Christo“. Opa meinte: „Ist das nicht zu schwerer Stoff für dich?“ Aber ich war begeistert!

Tagsüber allerdings sorgte Oma dafür, dass ich mich auch nützlich machte. Ich lernte z. B. hauchdünn Kartoffelschälen und half Tante Grete bei verschiedenen Arbeiten. Auch ging ich mit ihr ins Dorf, um einzukaufen. Sogar die Hühner durfte ich hüten, das heißt, ich passte auf, dass sie beim emsigen Scharren und Picken am Waldesrand sich nicht zu weit vom Haus entfernten.

Im Großen und Ganzen ging es besser, als ich dachte. Vor allem Opa lernte ich etwas besser kennen – und er mich! Er war immer sehr interessiert daran, womit ich mich beschäftigte. Als er erfuhr, dass ich sogar schon etwas Schach spielen konnte, freute er sich besonders.

Abends saßen wir nun oft im Wintergarten oder Wohnzimmer, wo wir beide Schach spielten; das heißt, vielmehr brachte er mir die tieferen Geheimnisse dieses königlichen Spiels bei.

Ich wollte mich nicht blamieren und strengte mein Hirn mächtig an – und Opa lobte mich sogar auch ab und zu. Oma allerdings sah das alles nicht so gern. Ich hatte den Eindruck, dass sie eifersüchtig war.

Von irgendwo her organisierte sie rote Wolle; sie meinte: „Jetzt strick dir mal einen Pullover, es ist bald Winter, den kannst du dann gut gebrauchen." Ich war baff! Wo sie wohl die Wolle her hatte? Tante Grete staunte ebenfalls. Natürlich hatte ich in den wenigen Handarbeitsstunden, die im letzten Schuljahr noch stattfanden, die Grundbegriffe des Strickens schon erlernen können. Jetzt aber setzte man voraus, gleich einen Pullover anzufertigen. Tante Grete wollte mir aber dabei helfen und das tat sie auch. Sogar Oma beteiligte sich an dem Projekt. Der Pullover wurde mehr und mehr ein Gemeinschaftsprodukt und Opa fühlte sich etwas ausgebootet.

Eine freudige Überraschung und Neuigkeiten von meinen Eltern

Und so gingen die Tage dahin. Nach etwa 14 Tagen gab es eine ganz große Überraschung und Freude für mich: Mein lieber Bruder Franz stand in Gretesch vor der Haustür! Ich staunte und konnte es nicht fassen. Aufgrund unserer Ausbombung stand ihm eine Woche Heimaturlaub zu, wie er erzählte. Von der Zerstörung unserer schönen Stadt zeigte er sich sehr erschüttert.

Ich weiß nicht mehr, wo damals seine Einheit stationiert war, auf jeden Fall aber nicht mehr in Russland. Das interessierte mich derzeit auch nicht sonderlich – Hauptsache, er war da. Opa interessierte es aber sehr, was er zu erzählen hatte. Am zweiten Tag nach seiner Ankunft brachten Tante Grete und ich ihn wieder traurig zum Bahnhof, und er fuhr weiter zu Wilma nach Dornumersiel.

Franz hatte sich erst durchfragen müssen, wo meine Eltern jetzt untergebracht waren. Im Nonnenpfad Nr. 4 stand in der oberen Etage eine komplett möblierte Wohnung leer. Die Bewohner, ein altes Lehrerehepaar, hatten schon vor einem Jahr wegen der Luftangriffe die Flucht ergriffen. Sie wohnten bei ihrem Sohn auf dem Lande.

Das Wohnungsamt wies meinen Eltern diese Wohnung zu; es blieb ihnen auch keine andere

Wahl. Wäsche und Kleidung für das Nötigste bekamen sie auf Bezugsschein – und so waren sie froh, wieder eine Bleibe gefunden zu haben, praktisch zwei Häuser weiter und somit in vertrauter Umgebung. Wieder in einem richtigen Bett zu schlafen, wenn auch nicht in ihrem eigenen, ließ sie den Verlust unserer Habe besser ertragen.

Vielen Ausgebombten erging es ebenso oder noch schlimmer, wenn der Verlust von Angehörigen zu beklagen war. Am Stadtrand entstanden Baracken, wo Betroffene eine notdürftige Unterkunft fanden. Andere fuhren zu Verwandten aufs Land. Irgendwie ging es weiter. Die Alarme gingen auch weiter, aber die Verbände flogen nun in hohen Höhen über Osnabrück hinweg. Was sollten sie jetzt auch noch groß bombardieren, das lohnte sich wohl nicht mehr – das dachten wir zumindest.

Ich freute mich zu hören, dass es Mutti und Papa ganz gut getroffen hatten und wäre am liebsten mit Franz nach Hause gefahren. Doch er fuhr ja weiter nach Ostfriesland zu seiner Frau für den Rest des Urlaubs.

Oma und ihre Macken

Während der Zeit, in der ich in Gretesch wohnte, konnte ich allerdings auch miterleben, wie Oma oft meine arme Tante Grete ungerecht behandelte. Einmal kam ich dazu, wie Tante Grete auf den kalten Küchenfliesen kniender Weise Kartoffeln schälen musste. Auf meine Frage, warum Tante Grete sich nicht dabei hinsetzen könne, wurde ich von Oma angefaucht, ich solle mich nicht um Dinge kümmern, die mich nichts angingen!

Immer wieder musste Oma ihren Frust an Tante Grete auslassen. In diesem Zusammenhang fällt mir eine ganz schrullige Geschichte ein, die ich noch, kurz bevor mich meine Eltern wieder nach Osnabück holten, miterlebte.

Anfang November hatte es schon Nachtfröste gegeben. Die großen Fenster im Wintergarten zierten Eisblumen. Jetzt musste Tante Grete diese Fenster putzen. Zunächst erstmal sollte sie die Eisblumen auftauen. Zu diesem Zwecke wurde sie barsch von Oma angewiesen, mit heißem Wasser das Eis abzutauen. Sie stand also auf der Leiter, Oma gab Befehle, heiße Tücher, die sie bereithielt, an die Fenster zu halten, damit das Eis schmelzen würde.

So etwas Verrücktes hatte ich noch nie erlebt! Ich konnte mich nicht erinnern, dass Mutti je das Eis von den Fenstern mit heißem Wasser abgetaut hätte! Die Gefahr, dass die Scheiben zerspringen, war viel zu groß – und wozu auch?

Ich stand dabei und schaute zu, was wohl passieren würde – tatsächlich passierte nichts. Vielleicht bestanden die Fensterscheiben aus Isolierglas? Gab es das damals schon? Auf jeden Fall empfand ich diese Prozedur als unnötig. Aber es ging mich auch nichts an. Da ich wusste, dass mich meine Eltern sowieso bald zurückholen würden, interessierten mich Omas schrullige Eskapaden nicht mehr. Nur Tante Grete tat mir leid.

Der Tiefflieger

Nun steht mir aber ein schreckliches Erlebnis wieder vor Augen, welches mir klar machte, dass man sich auch auf dem Lande nicht mehr sicher fühlen konnte. Oma hatte mir an diesem Tage den Auftrag erteilt, vom benachbarten Bauernhof einige Lebensmittel abzuholen, die die Bäuerin ihr versprochen hatte.

Der halbstündige Fußweg zu diesem Hof führte am Waldesrand entlang. Um den Weg abzukürzen, war ich gerade im Begriff, den nächsten Feldweg zu überqueren. Ein Bauer war dabei, mit seinen Pferden das abgeerntete Feld für die Wintersaat umzupflügen, als mich plötzliches Motorengeräusch in der Luft innehalten ließ.

In rasender Schnelle setzte der Flieger zum Tiefflug an; den Piloten und Bordschützen konnte ich genau erkennen. Er schoss seine todbringenden Salven auf Bauer und Pferde. Es ging alles dermaßen schnell, doch geistesgegenwärtig versteckte ich mich hinter einer dicken Buche.

Ich musste wohl noch einige Zeit regungslos und schreckerstarrt dagestanden haben. Nun lugte ich vorsichtig hinter dem Baum hervor und konnte nur ein undefinierbares Knäuel von Mensch und Tier erkennen. Aus Angst, Schreckliches zu sehen – und auch aus Angst, der Tiefflieger könne zurückkommen und mich als neues Opfer suchen – lief ich, immer in Deckung, wieder zurück. Bei Oma und Tante Grete angekommen, berichtete ich, noch unter Schock, was passiert war. Den Flieger hatten auch beide gehört. Oma machte sich nun Vorwürfe, mich losgeschickt zu haben. Da wurde mir erst richtig klar, dass es mich hätte treffen können, wenn ich schon auf dem Feldweg gewesen wäre. Ich hatte wieder mal – wie so oft – einen Schutzengel.

Diese Attacken feindlicher Einzelflieger, die immer öfter aus dem Nichts auftauchten und einfach wehrlose Menschen und Tiere zusammenschossen, häuften sich gegen Ende des Krieges immer mehr. Ob diese Piloten und Bordschützen aus Rachegelüsten oder Sadismus ihre Ziele verfolgten, ist schwer zu sagen, aber es wurde so vermutet.

Nach diesem Szenario wollte ich nur noch zu meinen Eltern. Allerdings ging das dann doch nicht so schnell, wie ich gehofft hatte. Erst Mitte November holten meine Eltern mich zurück, und zwar in das Nachbarhaus Nr. 4.

Ein neues Zuhause

Die Wohnung am Nonnenpfad vier in der obersten Etage gefiel mir. Es erwartete mich auch eine Überraschung. Die Möbel unseres ehemaligen Mansardenzimmers, also von Franz, hatten meine Eltern mit Hilfe der Feuerwehr retten können. In ihrer Not war ihnen gar nicht aufgefallen, dass ja die andere Etagenseite noch stehen geblieben war. So konnte aus dieser Haushälfte noch so manches Inventar gerettet werden. Es war Schicksal, dass ausgerechnet unsere Seite einen Volltreffer bekommen hatte – es sollte wohl so sein!

Meine Eltern hatten sich inzwischen ganz gut in der fremden Wohnung eingelebt, und irgendwie ging das Leben weiter, erstaunlicherweise! Es gab nach wie vor weiter Fliegeralarme und wir strebten dann wie gehabt dem sicheren Bunker zu. Die Versorgungslage allerdings wurde immer schwieriger. Da es in der Altstadt kaum noch Geschäfte gab, wurden die Wege, um einzukaufen, immer länger. Die Straßenbahnen fuhren infolge des schweren Angriffes nicht mehr, da alles zerstört worden war.

Es ging inzwischen auf Weihnachten zu. Tagelang pfiff ein eisiger Ostwind, und heftige Schneefälle setzten ein. Wir konnten uns glücklich schätzen, dass unser Keller stehen geblieben war und wir für diesen Winter über genügend

Kohle und Brennmaterial verfügten. Auch die Einweckgläser, gefüllt mit Bohnen und anderem Gemüse sowie genügend Kartoffeln, ließen uns hoffen, ohne große Not den Winter zu überstehen.

Der Krieg wütete weiter. Unsere Truppen befanden sich überall auf dem Rückzug. Meine Eltern hörten wie so viele BBC; ein lebensgefährliches Unterfangen. Mit allergrößter Vorsicht war es aber möglich. Ihnen war natürlich klar, dass das Kriegsende zwar bald bevorstand, aber wie und wann und mit welchen Schrecken und Opfern wir noch zu rechnen hatten, ließ meine Eltern – und nicht nur sie – sorgenvoll in die Zukunft schauen.

Von meinen Brüdern hörten wir nichts mehr – und so lebten wir eigentlich nur von einem Tag auf den anderen. Ich persönlich fühlte mich einfach nur glücklich, wieder mit meinen Eltern vereint zu sein. Es gab genug für mich zu tun. Zusammen mit Mutti klapperten wir die notdürftig wieder hergerichteten Geschäfte ab. Wir besorgten die Lebensmittel, die es auf Lebensmittelkarten gab, und waren froh, wenn wir wieder einen Tag heile überstanden hatten. Ich bekam auf Bezugsschein noch die fehlende Winterkleidung und auch neue Schuhe, die so einigermaßen passten.

Zum Konfirmandenunterricht musste ich nun einen längeren Weg zurücklegen. Unser Superintendent Bühning hatte mit seiner Familie ebenfalls alles verloren und wohnte in einem anderen Stadtbezirk. Unsere St. Mariengemeinde wurde von der reformierten Gemeinde freundlicherweise aufgenommen. Die Gottesdienste und der Konfirmandenunterricht fanden nun im Gemeindehaus an der Bergkirche im Westen der Stadt in der Nähe des Hegertors statt. Ich freute mich, meine Mitkonfirmanden alle heil und unbeschadet wieder zu sehen. Wenigstens die Konfirmandenstunden stellten noch eine gewisse Normalität dar.

Mein Vater achtete darauf, dass „mein Gehirn mangels Schulunterricht nicht einrostete", wie er meinte. Zu diesem Zwecke bekam ich den Auftrag, Gedichte auswendig zu lernen. „Schillers Glocke", „Die Bürgschaft" etc. konnte ich bald deklamieren. Auch musste ich von ihm gestellte Rechenaufgaben lösen. Außerdem wurde ich ganz schnell Mitglied in der OKD-Bibliothek. Ich las alles, was ich in die Finger bekam.

Kriegsweihnacht 1944

Das Weihnachtsfest ging still – und Gott sei Dank ohne Fliegeralarm – vorüber. Wir hatten mit unseren Marken vom Bäcker Hegge ein großes Prem-Brot (Weisbrot) erstanden. Auch konnte Mutti uns mit einer leckeren Braunschweiger Wurst überraschen, die der Schlachter Funke ihr zugesteckt hatte.

An dieses köstliche Mahl zu Heiligabend erinnere ich mich noch genau – und daran, dass wir uns in dem fremden Wohnzimmer, das mein Vater gut beheizt hatte, eigentlich auch ganz wohl fühlten. Ein kleines Tannenbäumchen mit selbst gebastelten Strohsternen und roten Schleifchen sowie ein Dutzend weißer Kerzen, die wir in der uns zugewiesenen Wohnung gefunden hatten, vervollständigten das weihnachtliche Ambiente. Geschenke gab es nicht. Wir freuten uns auch so, zusammen zu sein und ein warmes Bett zu haben. Unsere Gedanken weilten bei meinen Brüdern. Wir hörten nichts von ihnen. Wilma und Hildegard bangten ebenfalls um sie. Wo mochten sie sein, lebten sie noch, waren sie vielleicht in Gefangenschaft geraten? Alles sorgenvolle Fragen, die uns beschäftigten.

Das Ende des Krieges zeichnet sich ab

An den Verlauf des Kriegswinters 1945 kann ich mich nur noch bruchstückhaft erinnern. Meinem Opa in Burg Gretesch ging es inzwischen sehr schlecht. Eine schwere Lungenentzündung warf ihn danieder, von deren Folgen er sich im Laufe des Frühjahrs nicht mehr erholen sollte.

Auch meiner Oma in Molmeck, so erfuhren wir von der Verwandtschaft, ging es nicht gut. Obwohl dort kein gravierender Lebensmittelmangel herrschte, musste sie sich wohl aufgrund ihres hohen Alters irgendwie erkältet haben. Es plagte sie ein hartnäckiger Husten. Ich spürte, dass sich meine Eltern um alles Sorgen machten, zumal sich die ganze Kriegssituation verschärfte. Die Nazi- und Durchhalteparolen wurden immer schriller, die ewigen Fliegeralarme und Bunkersitzerei ließen kaum noch Lebensfreude aufkommen. Überall in der Stadt zeigte sich ein trostloses Bild. Irgendwie sah alles nur noch grau in grau aus.

Am Neumarkt versuchten KZ'ler, ausgemergelte Gestalten in graugestreiften Anzügen, die an ihren Körpern schlotterten, und die Mühe hatten, sich überhaupt aufrecht zu halten, unter schärfster Aufsicht, die Trümmer wegzuschaufeln; manche mit bloßen Händen! Blieben Passanten oder Kinder stehen, wurden sie barsch und unmissverständlich aufgefordert, weiter zu gehen und sich nicht zu kümmern.

Die Schreckensnachrichten nahmen kein Ende. Dresden wurde im Februar von den alliierten Bomberverbänden dem Erdboden gleichgemacht – Dresden, diese einmalige wundervolle Stadt, auch liebevoll das „Elb-Florenz" genannt; die Dresdener, bis dahin verschont und sich sicher fühlend, hatten nun keine Chance mehr. Die Zahl der vielen Menschen, die dort so kurz vor Kriegsende noch ihr Leben lassen mussten – die Stadt war zu dem Zeitpunkt voll von Flüchtlingen aus dem Osten – war einfach als grauenhaft zu bezeichnen.

Die russische Armee bewegte sich schon auf Berlin zu, so hörten wir im Sender BBC. Die Alliierten überquerten den Rhein bei Remagen.

Der letzte Angriff auf Osnabrück

Am Palmsonntag gab es den letzten schweren Angriff auf Osnabrück, von dem vor allem die Großfirmen wie Klöckner, OKD, Kromschröder und Kamann betroffen waren. Auch den Fledder hatte es diesmal total erwischt, wieder den Schinkel und so ziemlich den Rest der Stadt.

Niemand hatte mehr mit einem Angriff so kurz vor Kriegsende gerechnet – es war einfach nur schrecklich!

Der Vollalarm kam Spätnachmittag – genau wie im Herbst 1944, als wir ausgebombt wurden. Das unheimliche Geräusch vieler Bombergeschwader war schon zu hören.

Wir befanden uns noch auf halben Weg zum sicheren Bunker, da sausten und pfiffen die Bomben über unseren Köpfen hinweg. Wir hatten nur noch die Möglichkeit, uns an die Böschung zu werfen. Es herrschte ein fürchterliches Durcheinander und Schreien, umgekippte Kinderwagen, aus denen die Babys herausfielen, verzweifelte Mütter, Kleinkinder, über die sich ihre Mütter warfen, ein furchtbares Chaos. Das gleißend helle Licht der am ganzen Himmel stehenden „Christbäume", so nannte man die Leuchtspuren, ließ uns erschaudern.

Zwischen den Angriffswellen schafften wir es dann irgendwie doch noch, in den Bunker zu gelangen. Man hatte die schwere Eisentür zum

Glück noch offen gelassen. Die Luftschutzwarte ahnten schon, dass noch viele Flüchtende den sicheren Schutz erreichen mussten. Wieder und wieder dieses unheimliche Dröhnen und Rauschen. Die Felswände schienen zu zittern. Aber wir waren froh, noch den Bunker erreicht zu haben und ließen in stoischer Ruhe alles über uns ergehen.

Endlich war es vorbei. Was uns dieses Mal wohl erwartete? Wir konnten aufatmen, die Häuser am Nonnenpfad standen noch! Erleichtert legten wir uns erst mal schlafen.

Die Kapitulation

In den folgenden Tagen überschlugen sich die Ereignisse.

Erwähnen muss ich, dass mein Papa zuvor noch zum Volkssturm befohlen wurde. Am Harder Berg und überall vor der Stadt wurden von den „alten Herren" unter Aufsicht der SS Panzersperren errichtet und Gräben gezogen. Wie lächerlich!

Nur 14 Tage später standen die Alliierten vor Osnabrück. Die Streitkräfte stellten ein Ultimatum. Bis zum nächsten Tag um 12 Uhr sollte die Stadt kapitulieren: Der Oberbürgermeister müsse die Stadt den Alliierten übergeben, ansonsten könnten härtere Maßnahmen dazu führen, auch die Zivilbevölkerung zu treffen, wenn der Rest der Stadt beschossen würde. Die SS und ein Teil unserer Wehrmacht, die sich noch in der Stadt befanden, wollten im Hafen die Lagerhäuser, die noch voll mit Lebensmitteln bestückt waren, vernichten. Das konnte dank der Stadtväter verhindert werden. Stattdessen gab man die Lagerhäuser der Bevölkerung zur Eigenversorgung frei.

Auch meine Eltern und ich machten uns schnellstens mit unserem Handwagen auf den Weg ins Hafengebiet. Es war kaum ein Durchkommen. Endlich konnte Papa in eines der Lagerhäuser gelangen und von oben durch die

Luken das, was er gerade greifen konnte, hinunter werfen.

Überall war man emsig dabei, Säcke mit Mehl, Zucker, Kartoffeln und was da noch so lagerte, aus den Luken zu befördern. Viele Säcke platzen auf und alles lag durcheinander auf der Straße. Die Frauen und Kinder sammelten trotzdem fleißig in mitgebrachte Eimer und Behältnisse auf, was nur ging. Kartons mit Fleisch- und Wurstkonserven flogen einem um die Ohren. Man musste höllisch aufpassen, nicht getroffen zu werden.

Alles geschah in größter Hektik, begleitet vom ringsum zu hörenden Geschützdonner. Wir hatten Glück: Einen heil gebliebener Sack Zucker, zwei Kartons Fleischkonserven, einen Sack Weizenschrot und Schmelzkäse in Tuben konnten wir in unserem Handwagen in aller Eile nach Hause bringen.

Am gleichen Tage erhielten wir die Hiobsbotschaft, dass Opa in Burg Gretesch plötzlich verstorben sei. Natürlich waren wir geschockt und sehr traurig. Ausgerechnet am Tage der Kapitulation fand die Beerdigung zwei Stunden vor der Übergabe statt. Ich sehe uns noch zu Fuß zum Schinkler Friedhof laufen, Papa auch noch einen Kranz tragend. Es war ein Fußmarsch von fast drei Stunden durch den Schinkler Stadtteil, der besonders durch den letzten Bombenangriff am Palmsonntag schwer zerstört war. Wir mussten also wieder lange Umwege in Kauf nehmen.

Auf dem Schinkler Friedhof endlich angekommen, bot sich uns ein makabres Schauspiel. Kollegen und Mitarbeiter von Opa und sicher auch einige Herren von der Geschäftsleitung standen doch tatsächlich noch in voller SA-Montur am offenen Grab, die rechte Hand zum Hitlergruß erhoben. Sie sangen sogar das Horst-Wessel-Lied, begleitet vom Geschützdonner der vor Osnabrück stehenden alliierten Truppen. Die eigentliche Grabrede des Pfarrers hatten wir verpasst, da wir doch etwas zu spät gekommen waren.

Dass wir so kurz vor Zusammenbruch des „1000-jährigen Reiches" noch einmal mit diesem verhassten Ritual der Nazis konfrontiert wurden, empfanden wir schon mehr als komisch!

Nebenbei bemerkt: Später erfuhren wir von Tante Grete, dass man überall in aller Eile versuchte, die Spuren des „1000-jährigen Reiches" zu verwischen. Oma und Tante Grete trugen mit Hilfe einiger Nachbarn schnellstens die schwere Hitlerbüste aus den Wintergarten, um sie im Garten zu vergraben, ebenso alles andere, was hätte verdächtig werden können. Doch das nutzte ihnen nichts. Nach einigen Tagen mussten sie sowieso das Haus räumen und konnten nur ihre persönlichen Sachen mitnehmen. Das Haus wurde von Offizieren der alliierten Truppen besetzt.

Ab diesem Zeitpunkt kümmerte sich Tante Grete nicht mehr um Oma. Sie wohnte für zwei Monate abwechselnd bei Tante Emmy und bei uns, bis sie schließlich eine Stelle als Haushälterin bei einem sehr netten alten Ehepaar fand.

Wir befanden uns inzwischen auf dem Heimweg, der nicht ungefährlich war, denn an uns vorbei rollten Kolonnen von Panzern und Lastwagen mit amerikanischen Soldaten. Viele Leute standen auf der Straße oder an Fenstern der noch wenigen heilen Häuser, weiße Bettlaken oder Handtücher wurden geschwenkt. Die meisten Soldaten machten ein freundliches Gesicht, und ab und zu warf man uns Schokolade oder Zigaretten zu, die sofort von Kindern und Erwachsenen aufgesammelt wurden.

Glücklich und erleichtert zu Hause angekommen, ruhten wir uns erstmal von den Strapazen aus.

Abends klingelte es an der Etagentür. Fünf amerikanische Offiziere standen uns gegenüber – ich bekam den ersten Farbigen meines Lebens zu Gesicht!

Sie gaben uns mit freundlicher Gestik zu verstehen, dass sie Wasser benötigten, um sich etwas Tee kochen zu können. Einer der Offiziere konnte ein wenig Deutsch. Es stellte sich später heraus, dass seine Großeltern Deutsche gewesen waren.

Mutti bedeutete ihnen, hereinzukommen. Sie stellte schnell Tassen auf den Tisch, hatte bald kochendes Wasser für den Tee zubereitet, und dann stellte der Farbige, der uns als Bill vorgestellt wurde, schwarzen Tee, Zucker und Sahne dazu – und so kam es, dass wir ganz locker mit den Siegern des Krieges am Tisch saßen und Tee tranken, als sei es das Selbstverständlichste auf der Welt.

Dadurch, dass der eine der Offiziere ganz gut Deutsch sprach, entstand ein interessanter und für die Herren Offiziere äußerst informativer Dialog. Papa sorgte dafür, dass in der Nachbarwohnung, die nicht bewohnt war, und deren Bewohner, so wussten wir, ebenfalls aufs Land geflüchtet waren, Wasser und Strom angestellt wurde. Auch zeigten wir ihnen den Keller zu dieser Wohnung (der Hausmeister hatte Ersatzschlüssel), damit sie Brennmaterial holen konnten.

Als wir an diesem so ereignisreichen – und auch traurigen – Tag endlich die wohlverdiente Nachtruhe genießen konnten, und zwar in der Gewissheit, nicht mehr wegen Alarm in den Bunker laufen zu müssen, durchströmte mich ein tiefes Glücksgefühl. Voller Dankbarkeit ließ ich die Ereignisse dieses Tages noch mal Revue passieren.

Morgens auf der Beerdigung noch konfrontiert mit den verhassten Nazi-Symbolen, anschließend der lange und nicht ungefährliche Rückweg mit den rollenden Panzern und Lastwagen der Alliierten, die an uns vorbei donnerten, das alles war sehr anstrengend für uns gewesen, und wir fühlten uns dabei nicht wohl in unserer Haut. Abends dann „die Heimsuchung der Sieger" – welch eine groteske Situation! Wie der deutsch sprechende Offizier im Laufe des Abends andeutete, hatten wir wohl zuerst ganz verschreckt ausgesehen. Nur unsere praktisch veranlagte, immer hilfsbereite Mutti ergriff gleich die Initiative, stellte Wasser für Tee auf und stellte Tassen auf den Tisch! Er bedankte sich dafür und entschuldigte sich, uns so erschreckt zu haben.

Vier Wochen wohnten unsere Amerikaner nebenan, sehr nette freundliche Männer. Papa bekam den ersten Nachkriegswhiskey angeboten, und Mutti und ich freuten uns über die ersten Riegel Schokolade nach dem Kriege, eine lang entbehrte Köstlichkeit.

Wir bedauerten es sehr, als sie sich von uns eines Abends verabschiedeten, um in andere Unterkünfte umzuziehen. Wir sahen sie nie wieder!

Dieses Erlebnis machte meinem Vater klar, wie äußerst wichtig es sei, dass ich Englisch lernen solle. Es vergingen aber noch einige Wochen, bis wir in der inzwischen wieder erscheinenden Tageszeitung (der einzigen vorerst, noch ziemlich dünn und auf schlechtem Papier gedruckt) einen Englischlehrer ausfindig gemacht hatten, der mir Englischunterricht erteilen konnte. Zu diesem Zwecke musste ich allerdings einen zweistündigen Anmarschweg in Kauf nehmen. Er wohnte im äußersten Westen der Stadt, und Straßenbahnen fuhren natürlich noch nicht wieder. Das hieß also zwei Stunden durch die zertrümmerte Stadt hin und zwei zurück sowie zwei Stunden Unterricht. Doch das herrliche Frühlingswetter ließ mich froh und unbeschwert meines Weges ziehen. Mit mir gab es noch sechs weitere Schüler, die aber alle älter als ich waren. Diese Englischstunden liebte ich sehr, und ich war mit Eifer dabei.

Der Hunger allerdings plagte mich oft, denn die Mahlzeiten hielten nie lange vor, da Fleisch oder Fisch immer mehr eine Rarität darstellten. Nur ganz langsam stellte sich eine gewisse Normalität ein.

Nachkriegsimpressionen

Inzwischen hatten wir eine englische Militärregierung. Wir mussten uns an gravierende
Einschränkungen gewöhnen, so zum Beispiel:
Ab 22 Uhr gab es eine Ausgangssperre; keiner
durfte sich dann mehr auf der Straße blicken
lassen. Strom und Gas wurde nur noch stundenweise abgegeben. Deshalb holten wir die gute
alte Petroleumlampe wieder aus dem Keller.
Petroleum gab es seltsamerweise. Ich ging auch
wieder zum Konfirmandenunterricht, der im
Gemeindehaus der Bergkirche am Westerberg
stattfand.

Wenn ich abends müde und hungrig heim
kam, freute ich mich auf meine geliebte Weizenschrotsuppe, die Mutti mit Rohzucker bestreute,
der aus den Lagerbeständen im Hafen stammte.

Die wenigen Bäckereien in der Stadt, die noch
Brot buken, hatten es immer schwerer. Das Mehl
wurde knapp und im Laufe des Sommers gab es
nur noch glitschig gebackenes Brot aus Maismehl. Aber man war froh, überhaupt das zu bekommen. Die tägliche Versorgung mit den
nötigsten Lebensmitteln gestaltete sich nach wie
vor schwierig. Vor den Läden der Stadt, die
behelfsmäßig ihre Waren wieder anbieten konnten, wurden die Schlangen immer länger. Vor
allem, so kann ich mich erinnern, gab es nur
wenig Fleisch.

Es sprach sich in der Nachbarschaft morgens schnell herum, wo und wann es irgendetwas Nahrhaftes gab. Dann sausten Mutti und ich los, jeweils in verschiedene Geschäfte – oder auch nur noch einfach in Bretterbuden, die notdürftig zum Anbieten der kümmerlichen Lebensmittel hergerichtet worden waren. Sehr oft passierte es uns, dass unser Schlangestehen nicht von Erfolg gekrönt und der Kraftaufwand umsonst war.

Der Hunger plagte uns ständig, was zur Folge hatte, dass wir uns so manches Mal erschöpft fühlten. Ab und zu gab es frischen Fisch von unserem Fischhändler, der in der Hasestraße sein Geschäft wieder hergerichtet hatte. Das sprach sich natürlich bei den Hausfrauen wie ein Lauffeuer herum. Hatte Mutti Glück und konnte eine gute Fischmahlzeit mit nach Hause bringen, gab es ein Festmahl für uns. Allerdings klappte das auch nur, wenn unser Fischhändler von der britischen Militärbehörde den nötigen Sprit genehmigt bekam, um in Norddeich von seinen Fischern den jeweiligen Fang abzuholen.

Glücklicherweise zeigte sich der erste Nachkriegssommer 1945 von seiner besten Seite. Die Werksleitung des OKD gab allen Werksangehörigen die Möglichkeit, einen Schrebergarten an der Gartlage zu pachten, was wir natürlich im Frühjahr sofort wahrnahmen. Meine Eltern, mit wenig gärtnerischen Fähigkeiten gesegnet, gaben sich große Mühe, unser Gärtchen nach bestem Wissen zu bestellen, was ihnen recht gut gelang.

Zum Glück konnten sie das entsprechende Saatgut irgendwie beschaffen. Auch mir machte es Spaß, im Garten mitzuhelfen. Unser Erbsenbeet gedieh prächtig, die Möhren und Zwiebeln standen gut im Kraut, die Buschbohnen hatten gut angesetzt und Anfang Juli ernteten wir unsere heiß geliebten dicken Bohnen – mit Bohnenkraut half uns ein Nachbar aus. Jetzt hieß es aber, geräucherten Speck oder ähnliches zu organisieren, um diesem herrlichen Gemüse auch den rechten Geschmack zu verleihen.

Ich erinnere mich noch, dass Schlachter Funke unsere Mutti mit einem Stück geräucherten Bauchspeck beglücken konnte. Das gab ein Festessen! Welch eine Seligkeit!

Vor allem aber hatte mein Vater einige Tabakpflanzen von einem Nachbarn bekommen, die er mit ganzer Inbrunst hegte und pflegte. Im Herbst wurden die mannshohen Pflanzen geerntet, geschnitten und getrocknet und dann zu Pfeifentabak verarbeitet.

Als Papa schließlich ganz stolz und erwartungsfroh sein erstes Pfeifchen davon probierte, verzog er doch etwas sein Gesicht. Es war wohl nicht ganz das Richtige.

Neue und alte Freundinnen

So ging der erste Nachkriegssommer ins Land. Die Schulen hatten behelfsmäßig ihren Betrieb wieder aufgenommen und ich fand mich mit früheren und auch neuen Klassenkameradinnen in der Johannisschule wieder. Auch Lehrer Avermann konnte uns wieder begrüßen, wie auch der nette Musiklehrer mit dem Grübchen im Kinn.

Jetzt lernte ich Irmgard Bücker kennen. Mit ihr verband mich bald eine sehr gute Freundschaft. Sie wohnte in der Liebigstraße.

Ihr Vater, im Innendienst bei der Reichsbahn tätig, wurde während des Krieges nach Polen versetzt; die Familie kam natürlich mit. Zum Ende des Krieges flüchteten sie auf ganz abenteuerliche Weise zurück nach Deutschland und erst vor kurzem war die Familie nach Osnabrück zurückgekehrt. Ihr Haus an der Liebigstraße hatte die Bombenangriffe Gott sei Dank unversehrt überstanden.

Irmgard konnte sich noch über zwei Geschwister freuen, einen zwei Jahre jüngeren Bruder, der während des Krieges durch ein furchtbares Unglück den rechten Arm verlor, und den kleinen Friedhelm – den durften wir im Kinderwagen spazieren fahren, was wir gerne taten.

Imgards Mutter hatte zu dem Zeitpunkt, als ich die Familie kennen lernte, große gesundheitliche Probleme, und meine Freundin musste sehr viel im Haushalt mithelfen. Hinter dem Haus befand sich ein umfangreicher Obst- und Gemüsegarten. Für Irmgard hieß das, der kranken Mutter zur Hand zu gehen, wo es nur ging. Irmgard tat mir bald leid, denn es blieb ihr wenig Freizeit, die wir gemeinsam hätten verbringen können. Aber wir machten das Beste draus!

Auch mit meiner anderen Freundin, Ilse Weisler (zu ihr war der Kontakt nur kurz unterbrochen gewesen) fand ein reger Austausch statt. Die wenigen Kinos, die schon wieder geöffnet hatten, wurden gern von uns aufgesucht und brachten Abwechslung in unseren Alltag.

Meine liebe Herzensfreundin Lisa, die ja, wie erwähnt, das letzte Kriegsjahr und auch noch die erste Zeit nach dem Kriege mit ihrer Mutter und Bruder in Gifhorn bei ihren Verwandten verbrachte, durfte mich zu meiner großen Freude in Osnabrück besuchen. Unser Kontakt war nie abgerissen. Sie wohnte Anfang September einige Tage bei uns. Wir waren glücklich!

Zu der Zeit kam der Schlager auf: „Wenn bei Capri die rote Sonne im Meer versinkt". Ich sehe uns noch heute im Geiste beide auf dem Balkongeländer sitzen und bei Mondenschein diesen Schlager schmettern – Mutti amüsierte sich!

Wir verlebten wundervolle Tage zusammen, doch Lisa war entsetzt von der Zerstörung unserer lieben Heimatstadt. Ihr Haus an der Ziegelstraße hatte 1944 ebenfalls einen Volltreffer bekommen, und so konnte Lisa nur noch die Trümmer besichtigen. Es gab dann wieder einen etwas traurigen, aber doch hoffnungsfrohen Abschied auf dem Bahnhof. Erst etwa zwei Jahre später kam Lisa mit ihren Eltern und Bruder Willi nach Osnabrück zurück.

Der Hunger-Winter

Der Winter 1945/46 entwickelte sich zu einem Hungerwinter. Viele alte Menschen und Kleinkinder überlebten ihn nicht, denn die Versorgung wurde äußerst kritisch. Erschwerend kam hinzu, dass ganz allgemein die Vorräte an Brennmaterial für die Bevölkerung so gut wie aufgebraucht waren.

Meine Eltern litten inzwischen an Hungerödemen, so sagte unser Hausarzt, denn alles, was sie meinten, entbehren zu können, steckten sie mir zu. Ich kämpfte deshalb mit meinem Gewissen.

Nun half aber doch die Militär-Regierung. Es wurde für die Schul- und Kleinkinder eine so genannte Schulspeisung eingerichtet. Täglich bekamen wir jetzt eine warme Mahlzeit. Es gab eine Art Kekssuppe oder abwechselnd eine Erbsensuppe! Natürlich ohne Fleisch, aber wir wurden satt und konnten in unserer mitgebrachten Milchkanne für unsere Eltern meistens einen großen Schlag dieser Suppe mit nach Hause nehmen. Das half uns über die größte Not.

Am schlimmsten setzte uns aber die feuchte Kälte zu. Unser Kohlenvorrat wies große Lücken auf. Es war absehbar, ab wann wir eine kalte Wohnung haben würden. Mit dem Handwagen zogen wir los in die Gartlage, solange es die Witterung noch zuließ und suchten Brennholz.

In den Schulen konnte mangels Brennmaterials nicht geheizt werden. So saßen wir fünf bis sechs Stunden im Mantel, Schal und Mütze im kalten Klassenzimmer. Die Finger waren so klamm, dass es Mühe machte, mitzuschreiben, ganz zu schweigen von den eiskalten Füßen, die uns plagten. Dass ich mir diesen Winter keine Lungenentzündung einfing, grenzt noch heute an ein Wunder!

Franz, Wilma und Weihnachten 1945

Mein Bruder Franz konnte bald nach Kriegsende aus der Gefangenschaft nach Dornumersiel, zu seiner Frau zurückkehren. Eigentlich hatte er vorgehabt, wieder seinen erlernten Beruf als Elektriker auszuüben. Er hatte vor, sich beim OKD zu bewerben. Aber Wilma verspürte wenig Lust, in das zerstörte Osnabrück zu ziehen, und eine Wohnung zu finden, wäre auch Glückssache gewesen. So blieben sie erst einmal in Dornumersiel. An Lebensmitteln litten sie keinen Mangel. Sie hatten ein Schwein im Stall sowie Hühner und Kaninchen. Fisch gab es ebenfalls genug.

Ich erinnere mich, dass sie uns zu Weihnachten 1945 und über den Jahrswechsel zu sich einluden. Sie bewohnten inzwischen eine große Wohnung im ehemaligen Hotel und hatten Platz für uns. Die Fahrt, zu der damaligen Zeit im eiskalten Zug – ein Abenteuer. Wir fuhren bis Norden. Von hier holte uns Franz mit einem Lieferwagen ab, den er organisiert hatte.

Wir verlebten ein sehr schönes Weihnachtsfest; es gab endlich satt zu essen, wir hatten es warm und Franz und Wilma gaben sich viel Mühe, uns ein paar schöne, ja fast unbeschwerte Tage zu bereiten.

Kummer machte uns allerdings, dass wir immer noch nichts Genaues von meinem Bruder

Walter wussten. Vom Roten Kreuz erfuhren wir etwa Mitte 1945, dass er sich in russischer Gefangenschaft befinden solle, aber mit Sicherheit konnte nichts gesagt werden. Seine Frau Hildegard und Tochter Waltraud befanden sich im zerstörten Berlin. Wie durch ein Wunder wohnten sie noch in der Perleberger Straße, denn das Haus war stehen geblieben. Wir standen in regelmäßigem Kontakt mit ihnen. 1946 kamen die ersten Gefangenen aus Russland zurück, und ständig hofften wir, dass Walter dabei sein möge. Doch erst 1948 bei einem der letzten Transporte sollte mein armer Bruder total abgemagert, aber ungebrochen, mit dabei sein. Doch davon später noch.

Kohlenklau und ein Care-Paket

Die Wintermonate Januar und Februar 1946 wollten und wollten kein Ende nehmen. Es herrschte eine gähnende Leere im Kohlenkeller. Das Holz, das wir uns im Spätherbst 1945 noch so mühselig zusammengesucht hatten, war fast aufgebraucht. Was nun?

Anfang Februar fiel tagelang Regen, und das so heftig, dass unsere Hase Hochwasser führte. Bewohner der tiefer gelegenen Stadtteile mussten nun auch noch mit den Wassermassen kämpfen.

Inzwischen gab es aber einen Lichtblick. Mein Vater und andere Nachbarn am Nonnenpfad fanden heraus, dass die Kohlenzüge aus dem Ruhrgebiet wieder fuhren und oft an der Hasetor-Brücke keine Einfahrt hatten. Daher kamen sie mehrere Minuten zum Stillstand. Das sprach sich schnell herum! Die Kohlentransporte wurden im Fledder zur Weiterfahrt zu ihren Bestimmungsorten umgeleitet. Zweimal am Tag, meist zu einer bestimmten Zeit, passierten sie die Hasetor-Brücke. Dort lagen schon die Osnabrücker am Hang auf der Lauer mit Schaufeln und Säcken bewaffnet! Hatte man Glück und der Zug kam zum Stehen, ging es aber in aller Eile mit einem Klimmzug rauf auf die Waggons, und emsig wurde heruntergeschaufelt, was die Kräfte hergaben. Die Frauen und wir Kinder hatten die Aufgabe, die kostbaren Kohlen in Säcke und Körbe zu schaufeln. So konnte man wenigstens für einige Stunden den Herd in der Küche heizen und abends Wärmflaschen fürs warme Bett vorbereiten, denn Gas oder Strom wurde ja nur stundenweise geliefert.

Das „Kohlenbesorgen" war eigentlich Diebstahl, doch jeder musste irgendwie sehen, wie er den Winter überstand. Natürlich hatte die Militärregierung inzwischen davon Wind bekommen. Wer erwischt wurde, musste erst mal einige Stunden oder mehr hinter Schloss und Riegel. Aber im Großen und Ganzen verfuhr man großzügig, wusste man doch genau, dass aus bitterer Not gehandelt wurde.

Die Razzien fanden im Fledder statt. Es passierte immer wieder, dass beim Wiederanfahren des Zuges der Absprung verpasst wurde. So nahm dann die Militärpolizei die Pechvögel in Empfang.

Einmal schaffte es Papa nicht mehr rechtzeitig, beim Wiederanfahren des Zuges abzuspringen. Der Zug nahm schneller als üblich Fahrt auf. Das Risiko, sich an der steilen Böschung die Knochen zu brechen, war zu groß. Papa winkte uns noch beruhigend zu, aber Mutti und ich schauten ihm mit großem Bangen hinterher. Abends kam er ganz munter wieder zurück. Man hatte ihn und die anderen „Kohlenklauer" ermahnt und die Adressen aufgeschrieben.

Sollten sie sich noch mal erwischen lassen, gäbe es Strafe, welche, sagten sie nicht.

Inzwischen aber wurde es März und somit auch wieder wärmer, der kleine Kohlenvorrat musste nun reichen.

Eines Tages Mitte März bekamen wir über das „Rote Kreuz" ein Care-Paket aus den USA. Diese Aktion war schon einige Zeit im Gange. Wir hatten das aber gar nicht so wahrgenommen und auch nicht damit gerechnet, weil es vielleicht Bedürftigere als uns gab. Mütter mit Kleinkindern, der Mann gefallen oder vermisst – oder auch die vielen Flüchtlinge, die inzwischen ebenfalls versorgt werden mussten. Die hatten schließlich gar nichts mehr und dabei auch noch ihre Heimat verloren!

Nun stand also ein großes Paket vor uns auf dem Tisch. Voller Spannung und Freude packten wir es aus. Was kam da alles zum Vorschein! Dosen mit Cornedbeef, Schmalz, Rind- und Schweinefleisch, etwas Kaffee und Tee, Käse in Dosen, Schokolade und etwas, was wir nicht kannten, nämlich Erdnussbutter. Die schmeckte uns auch.

Vor allem aber kam noch folgendes zum Vorschein: Ein brauner, wunderschöner Glockenrock aus gutem Tuch mit beige-bunter Bluse dazu. Beides passte mir wie angegossen. Mutti und ich waren selig. Sogar zwei Packungen Zigaretten waren dabei. Auf dem Schwarzmarkt, der inzwischen an bestimmten Stellen in der Altstadt blühte, konnte Papa dafür Lebensmittel für uns erstehen. Apropos Schwarzmarkt – ein ziemlich umstrittenes Kapitel im Nachkriegs-Deutschland! Eigentlich aus der Not geboren, entwickelte sich dieser Tauschhandel oft ganz schnell zur fast kriminellen Umschlagbörse. Schwarze Schafe gab es eben überall – es wurde getauscht, gezockt und übers Ohr gehauen, was das Zeug hielt!

Mein geliebter Teddybär, mein Puppenwagen mit Puppe Helga und Mama-Stimme sowie echten Zöpfen, die meine Eltern unter den wenigen Sachen aus dem Schutt hatten hervorziehen können, wurden nun notgedrungen gegen einen Sack Kartoffeln, ein Stück Speck und echten Bohnenkaffee eingetauscht. Denn ein großes Ereignis warf seine Schatten voraus: Am 7. April sollte meine Konfirmation stattfinden – und dafür musste vorgesorgt werden.

Meine nahende Konfirmation – und Muttis Nöte

Natürlich stellte dieses bevorstehende Familienfest Mutti insofern vor große Probleme, als ja für ein angemessenes Festmahl und für die Kaffeetafel auch über genügend Kuchen gesorgt werden musste. Und echter Bohnenkaffee durfte auch nicht fehlen.

Schon seit Weihnachten machte Mutti sich Gedanken, wie das alles wohl klappen könnte. Außerdem überlegte sie hin und her, wie ich zu einem schönen Konfirmationskleid kommen könne. Von den Mitkonfirmandinnen hörte ich überall die gleichen Klagen. Ihre Mütter kämpften mit dem gleichen Problem.

Mutti besaß nur noch ein gutes dunkelblaues Kleid. Das wurde für mich von unserer Schneiderin umgearbeitet, denn von neuen Kleiderstoffen konnte man nur träumen.

Unsere Gästeliste stand schon fest: Franz und Wilma aus Dornumersiel, selbstverständlich Tante Emmy, Onkel Erich und Cousine Erika und meine liebe Tante Grete.

Zur Oma aus Burg Gretesch hatten wir keinen Kontakt mehr. Wir wussten auch nicht, wo sie abgeblieben war. Ganz tief in meinem Herzen regte sich doch trotz allem Mitleid mit ihr. Wie ich Mutti einschätzte, erging es ihr genauso. Aber Tante Grete wollte von einer Wiederaufnahme der ohnehin schon immer kühlen Beziehung nichts wissen – und Tante Emmy pflichtete ihr bei. Onkel Friedel befand sich noch in russischer Gefangenschaft. Tante Anni mit den Kindern wollte nicht kommen.

Unsere Harzer Verwandtschaft, die ich gerne dabei gehabt hätte, lebte nun in der russisch besetzten Zone, aus welcher eine Ausreise undenkbar war. Meine liebe Oma verstarb im Herbst 1945, sie hatte das stolze Alter von 84 Jahren erreicht.

Um auf meine Mutti und die Kleiderfrage zurückzukommen: sie hatte ihr einziges bestes Kleid für mich geopfert, was nun? Tante Grete half ihr aus der Not und schenkte ihr eines von ihren hübschen Kleidern. Das passte genau, denn sie hatten beide die gleiche Größe. So war dieses Problem auch gelöst.

Papa erzählte im Werk von meiner bevorstehenden Konfirmation und den damit verbundenen Schwierigkeiten, ein gutes und ausreichendes Mittagessen für die Gäste und uns auf den Tisch zu zaubern. Sein freundlicher Kollege, der, wie schon erwähnt, nebenbei eine kleine Landwirtschaft betrieb und uns ab und zu ein paar Eier oder eine Dauerwurst mitgebracht hatte, wollte auch dieses Mal versuchen, uns zu helfen. Er versprach Papa einen guten Schweinebraten, den er uns auch tatsächlich am Samstag vor der Einsegnung vorbei brachte.

Unser Bäcker Hegge wollte Mutti für unsere schon wochenlang gesammelten Brot- und Mehlmarken eine schöne Torte und einen Platenkuchen backen, was ebenfalls eingehalten wurde.

Als dann Franz und Wilma Samstagabend aus Dornumersiel eintrafen und zwei geschlachtete Kaninchen, ein Suppenhuhn für eine gute Suppe sowie Gemüse in Weckgläsern auspackten, schwelgten wir plötzlich im Überfluss. Mutti und auch wir anderen fühlten uns überglücklich.

Der Tag meiner Konfirmation

Ich denke noch gern an den Tag meiner Konfirmation zurück. An manche Einzelheiten kann ich mich genau erinnern, zum Beispiel daran, dass es ein wunderbarer warmer und strahlender Frühlingstag war.

Ich sehe mich noch mit meinen Mitkonfirmanden Einzug halten in der festlich mit Blumen geschmückten Bergkirche; wir Mädchen fast alle in dunkelblauen Kleidern. Ich gehörte zu den wenigen Konfirmandinnen, die ihre langen Zöpfe über die Schulter trugen. Die Jungen in ihren dunklen Anzügen und weißen Hemden, meist mit Krawatte, kamen uns Mädchen plötzlich viel erwachsener vor.

Wie viel Mühe es die Mütter damals gekostet hatte, ihren Kindern die entsprechende Festkleidung zu beschaffen, kann sich heutzutage keiner mehr vorstellen. Aber das war an diesem Ehrentag vergessen.

Unser Herr Superintendent Bühning, den wir alle sehr verehrten, ging uns voran und geleitete uns zu unseren Plätzen vorne am Altar. Er hielt eine zu Herzen gehende Predigt, die auch gleichzeitig seinen Abschied bedeutete, denn er hatte das Pensionsalter erreicht und ging wieder zurück nach Ostfriesland. Die Gemeinde vermisste ihn später sehr.

Meinen Konfirmationsspruch habe ich nie vergessen. Er lautete: „Sei getreu bis in den Tod, so will ich Dir die Krone des Lebens geben!" Getreu im Glauben bin ich geblieben, er half mir in guten wie in bösen Tagen.

Während ich dieses niederschreibe, fällt mir ein, dass ich 2006 meine Diamantene Konfirmation hätte feiern können. Sicherlich wäre das möglich gewesen, wenn ich mich in meiner Heimatstadt Osnabrück, der ich nun schon über 50 Jahre den Rücken gekehrt habe, darum bemüht hätte. Ganz sicherlich hätte ich dieses seltene Ereignis sogar in unserer schon seit langem wieder im alten Glanz erstrahlten Kirche „St. Marien" feiern können! Warum eigentlich habe ich dieses Highlight verpasst? Es muss wohl am Alter liegen und sicherlich auch daran, dass man doch immer noch zu sehr in der Gegenwart lebt – das wiederum ist auch gut so.

Noch einmal zurück zum Tag meiner Konfirmation. Ich habe den weiteren Verlauf noch als sehr harmonisch in Erinnerung. An kleine Geschenke kann ich mich erinnern: Ein hübscher Kerzenhalter, den ich lange in Ehren hielt, ein neues Gesangbuch und einige interessante Bücher. Mutti aber vermachte mir eine Brosche, die für sie vor allem ideellen Wert hatte. Ihr Vater brachte ihr dieses hübsche Andenken einmal vor Jahren von einer Geschäftsreise nach Brüssel mit. Ich halte diese Brosche sehr in Ehren und trage sie heute noch gern.

Nun schauten wir hoffnungsfroh in die Zukunft. Irgendwie mussten die Zeiten langsam besser werden – und das wurden sie auch!

Wir hatten diesen schrecklichen Krieg und das ganze Nazi-Szenario überlebt. Walters Schicksal lag zwar noch immer im Dunkeln, aber wir hofften doch sehr, dass wir ihn eines Tages wieder sehen könnten.

Meine Kindheit lag nun endgültig hinter mir. Jetzt sah ich meiner Zukunft optimistisch entgegen.

Nachlese

Allerdings hatte ich noch ein Jahr die Schulbank zu drücken. Die Schulbehörde verfügte, bedingt durch die fast zweijährige Schließung der Schulen, ein so genanntes 10. Schuljahr einzurichten.

Ich ging gern zur Schule, das Lernen machte mir Freude. Wir hatten inzwischen einen anderen Lehrer, Herrn Ackermann. Man konnte ihn als einen Glücksfall bezeichnen, ein sehr sympathischer und kluger Pädagoge, für den wir durchs Feuer gegangen wären.

Auch schloss sich der Kreis insofern, dass wir wieder in unserer notdürftig hergestellten Domschule unterrichtet wurden – und zwar, für mich interessant, in dem gleichen Raum, in dem ich als Erstklässlerin meinen schulischen Anfang nahm.

Wenn ich auch nur die Volksschule absolviert hatte, mein Abschlusszeugnis konnte sich sehen lassen.

Nach bestandener Eignungsprüfung wurde ich beim OKD am 1. April 1947 als kaufmännischer Lehrling eingestellt. Es begann für mich eine ganz interessante Zeit. Viele neue Eindrücke stürmten auf mich ein und das Lernen ging erst richtig los.

Auch die Berufsschule forderte ihren Tribut. Ilse Weissler, meine Freundin aus der Johannisschule, fand ich dort auch wieder. Sie erlernte ebenfalls einen kaufmännischen Beruf und hatte bei den KLÖCKNER-Werken eine Lehrstelle bekommen können.

Es befand sich alles noch im Aufbau, und die englischen Militärbehörden hatten nach wie vor das Sagen. Für viele Geschäftsvorgänge mussten Genehmigungen eingeholt werden. Diese Laufereien erledigten meist wir Lehrlinge.

1949 konnte ich mit Erfolg nach bestandener Prüfung vor der IHK meine Lehre beenden. Ich wurde ins Angestelltenverhältnis übernommen. Mädchen bildete unser Werk zum damaligen Zeitpunkt noch nicht zum Industriekaufmann aus, dieses Privileg hatten nur die Jungen. So musste ich nun mein Hauptaugenmerk auf die Perfektionierung meiner Steno- und Schreibmaschinenkenntnisse richten.

Mit Fleiß und Engagement erreichte ich das mir gesteckte Ziel. Bis zu meiner Verheiratung arbeitete ich als Zweitsekretärin für einen unserer Prokuristen.

An meine Jungmädchenjahre denke ich gern und manchmal mit Wehmut zurück!

Meine Freundinnen, Lisa, Irmgard und Ilse hatten ebenfalls erfolgreich ihren Weg gefunden. Zu meinem Freundinnenkreis gesellte sich noch Felicitas, die ich während meiner Lehrzeit näher kennen gelernt hatte, und mit Eva freundete ich mich im Osnabrücker Ruderclub an, dem ich noch während meiner Lehrzeit beigetreten war. Für diesen herrlichen Wassersport hatte ich mich immer schon interessiert.

Oft, wenn ich mit meinen Eltern oder mit meinen Freundinnen am Mittellandkanal spazieren ging, hatten mich die Rudersportler in ihren Booten oder auch die Kanuten, die in ihren Booten an uns vorüberzogen, fasziniert.

Diese Jahre als Mitglied im Ruder-Club gehörten mit zu den schönsten und interessantesten in meinem Leben. Die unzähligen Wochenenden im Sommer, die ich mit Ruderkameradinnen und –kameraden in unseren Booten auf dem Mittellandkanal verlebte, die vielen Regatten auf dem Maschsee in Hannover oder auf dem Baldeneysee in Essen hatten stets etwas Faszinierendes für mich. Sogar ein Jahr Rennen im Vierer mit Steuermann habe ich gefahren. Leider musste ich dieses harte Training aus gesundheitlichen Gründen aufgeben.

Besonders gern erinnere ich mich auch an die vielen Feste und herrlichen Bälle, die in Osnabrück in der Ballsaison ein Highlight darstellten.

So waren es wundervoll erfüllte Jahre! Mein Beruf machte mir großen Spaß, ich fühlte mich im Kreise meiner Kolleginnen und Kollegen wohl; auch entstanden manche Freundschaften, die zum Teil bis auf den heutigen Tag noch dauern.

Jetzt muss ich aber auf das Schicksal meines Bruders Walter zurückkommen.

Endlich, im Mai 1948, wurde er als Spätheimkehrer aus russischer Gefangenschaft entlassen. Als wir die Nachricht aus Berlin erhielten, kannte unsere Freude keine Grenzen. Mein Vater war wie ausgewechselt. Es hatte ihn doch sehr belastet!

Bald schon besuchten uns Walter und Hildegard. Sie flogen bis Hannover und dann konnten wir beide am Bahnhof in Empfang nehmen. Was für ein Wiedersehen! Walter sah noch recht mitgenommen aus, schmal, aber doch voller Zuversicht.

Was uns Walter dann im Laufe des Besuches erzählte, erschütterte uns tief. Was für eine Odyssee lag hinter ihm! Als er im Herbst 1943 während der russischen Offensive bei Maykop in Gefangenschaft geriet, landete er mit vielen Kameraden zunächst im Ural. Schwere körperliche Arbeit und meist nur Kohlsuppe waren sein Los.

Um sein Schicksal erträglicher zu machen, erklärte er sich bereit, Russisch zu lernen, ohne zu ahnen, was das für Folgen in seiner Zukunft haben sollte.

Irgendwie schaffte er es, 1945 zu fliehen, verkleidet als Bauer. Nach Wochen per Zug, per

Lastwagen oder per Pferdefuhrwerk kam er in Etappen und auf ganz abenteuerliche Weise bis kurz vor Berlin, nur um dann durch unglückliche Umstände wieder gefasst zu werden.

Jetzt transportierte man ihn in ein Strafgefangenenlager in Sibirien. Nur mit eisernem Überlebenswillen überstand er die nächsten drei Jahre.

Man zwang ihn, seine Russischkenntnisse zu vervollständigen und sich einer Dolmetscherprüfung zu unterziehen. Dann machte man ihm klar, dass er als Agent ausgebildet werden würde. Zur Belohnung könne er mit baldiger Entlassung rechnen.

Während der nächsten drei Jahre bis zu seiner Entlassung konnte er nun unter wesentlich besseren Bedingungen sein Leben fristen. Er wurde in ein anderes Lager verlegt.

Da inzwischen von der Agentenausbildung keine Rede mehr war, hoffte Walter, dass dieses Vorhaben durch irgendwelche Umstände ad acta gelegt worden war, aber sein Misstrauen blieb bestehen. Aus diesem Grund flogen Walter und Hilde auch jedes Mal, wenn sie uns besuchten, bis Hannover, um die russisch besetzte Zone zu umgehen.

Er hatte später beim Berliner Senat eine Stelle bekommen können und machte in den Abendstunden sein Abitur nach, um sich beim Senat weiter zu profilieren. So schien alles endlich ins Lot gekommen zu sein!

Im Mai 1950 wurde ich von Walter und Hilde eingeladen, sie doch mal für eine Woche in Berlin zu besuchen. Meine Eltern gaben grünes Licht und eine herrliche unbeschwerte Woche stand mir in Berlin bevor. Der Opernbesuch in der Komischen Oper, ein Varieté-Besuch im damaligen Café Vaterland im Osten Berlins, das notdürftig wieder erstanden war, gehörten zu den absoluten Höhepunkten meiner Berlinreise. Wir fuhren zusammen mit Waltraud auf den Funkturm und gingen in den Zoo, der aber derzeit noch längst nicht den Tierbestand aufweisen konnte, den er vor dem Krieg gehabt hatte, und den er natürlich jetzt wieder hat.

Alle Sehenswürdigkeiten, die damals möglich waren, zeigte Walter mir. Stolz auf meinen stattlichen großen Bruder genoss ich alles, was mir geboten wurde, in vollen Zügen. Lernte ich ihn doch jetzt erst richtig kennen, wie auch er seine kleine Schwester, die sich inzwischen ganz schön gemausert hatte, wie er meinte.

Dankbar und glücklich fuhr ich wieder nach Hause zurück.

Zu Papas 65. Geburtstag im August 1952 kamen Walter und Hildegard für eine Woche zu uns zu Besuch, wie auch Franz und Wilma. Es sollte das letzte Mal sein, dass wir alle unbeschwert zusammen sein konnten.

Walter kam uns etwas nervös vor und Papa gegenüber erwähnte er, dass er am liebsten Berlin den Rücken kehren möchte, er fühle sich dort nicht mehr sicher. Hildegard aber wollte hiervon nichts wissen, sie als waschechte Berlinerin könne sich nicht vorstellen, anderswo zu leben. Papa meinte noch, er solle nach Osnabrück zum OKD zurückkehren. Dieses Gespräch wurde aber wieder vergessen, und so ging das Leben danach seinen Gang.

Übrigens, seit 1948 wohnten wir wieder in unserer alten Wohnung, Nonnenpfad Nr. 8. Das Haus hatte man inzwischen wieder aufgebaut, schöner als vorher. Es dauerte noch eine Weile, bis wir uns vollständig einrichten konnten. Doch zu Papas 65. Geburtstag war es dann so weit.

Um auf Walter noch einmal kurz zurückzukommen: Im März 1953 rief uns Hildegard ganz aufgelöst an. Sie teilte uns verzweifelt mit, dass Walter seit Tagen spurlos verschwunden sei. Die Polizei und die Behörden waren ratlos. Man vermutete sofort aufgrund Walters Vorgeschichte, dass die Russen ihre Hand im Spiel haben könnten.

Bis Papa die Genehmigung hatte, mit dem Interzonenzug nach Berlin zu fahren, vergingen einige Tage. Nachdem er mit Hildegard alle Möglichkeiten ausgeschöpft hatte und die Polizei und die Behörden ihnen keine Hoffnung mehr machen konnten, mussten wir uns mit der schrecklichen Tatsache abfinden, dass Walter wahrscheinlich aufgrund seiner Agentenausbildung von den Russen verschleppt oder sogar getötet worden war.

Man machte meinem Vater und Hildegard nach Kenntnis der Lage unmissverständlich klar, dass man täglich mit dem Verschwinden von Menschen auf Nimmerwiedersehen zu tun hatte.

Als gebrochener Mann kam mein Papa aus Berlin zurück!

Hildegard wurde infolge dieses schweren Schicksalsschlages schwer krank und starb nur ein halbes Jahr später an einem Gehirntumor. Waltraud, die nun bei einer Tante in Berlin lebte, heiratete früh, und irgendwann verloren wir sie aus den Augen.

Diese Tragödie hat mich mein ganzes Leben lang begleitet und niemals habe ich sie vergessen können. Als die Mauer fiel, haben Franz und ich über das Rote Kreuz nochmals Nachforschungen anstellen lassen. Aber es gab keine Spur.

Die Jahre gingen dahin. 1957 lernte ich meinen Mann kennen, 1958 fand die Hochzeit statt. Bielefeld wurde nun meine zweite Heimat.

1960 kam unser Sohn Klaus-Uwe zur Welt und 1962 unser Töchterchen Brigitte!

Erfüllte Jahre mit guten und weniger guten Zeiten liegen hinter mir. Inzwischen sind unsere Enkel fast erwachsen – und vor kurzem sind wir noch einmal stolze und glückliche Großeltern geworden, denn unser Sohn wurde endlich Papa. Lange hatte er darauf warten müssen!

Auch meine Freundinnen heirateten alle im gleichen Zeitraum wie ich und gründeten glückliche Familien. Wir alle sind noch heute eng miteinander verbunden! Dafür bin ich besonders dankbar.

So schaue ich nun gelassen und voller Dankbarkeit auf mein langes und reich erfülltes Leben zurück und sehe dem hoffnungsfroh entgegen, was mir das Schicksal an guten Dingen noch zu bieten hat.

ich, etwa eineinhalb Jahre alt

Im Hof, ich etwa 3 Jahre alt

Meine Freundin Irmgard und ich, Sommer 1949

Im Vierer ohne Steuermann (Eva zweite, ich dritte)

Mein Bruder Franz, etwa 1949

Franz und ich auf Langeoog 1949

Walter und Hildegard am 10. Hochzeitstag in Berlin 1950

Walter und ich im Kurpark Bad Rothenfelde, etwa 1951

Vater und Walter im Bürgerpark, etwa 1949

Meine Eltern 1952, im Urlaub im Harz

Meine Mutti als junge Frau, etwa 1935

Mein Vater, etwa 46 Jahre alt

Dank

Mein besonderer Dank gilt meinem Sohn Klaus-
Uwe, der meine Texte hilfreich beurteilte, den
gesamten Text formatiert, die Fotos bearbeitet,
zugeordnet und alles zum Druck vorbereitet hat.